마
흔
에

글
을

쓴
다
는

것

권수호 지음

우리의 인생이 어둠을 지날 때

마흔에 글을 쓴다는 것

드림셀러

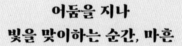

어둠을 지나
빛을 맞이하는 순간, 마흔

흐린 기억 속 제삿날은 성대한 잔치 같았다. 고소한 기름 향기를 잔뜩 머금은 음식이 상 위에 빼곡하게 차려져 있었고, 절 몇 번만 따라 하면 좋아하던 약과를 먹을 수 있었다. 삼촌은 푸릇푸릇한 만 원권 지폐를 용돈으로 주셨다. 제사의 의미를 알 턱이 없던 철부지는 단지 배불리 먹고 주머니가 두둑해졌다는 사실에 기분이 한껏 상기되었다. 이런 내 모습을 예뻐하던 숙모가 머리를 쓰다듬으며 말했다.

"시간 참 빠르구나. 언제 이렇게 자랐니?"

신기했다. 1분 1초가 똑같은데 어른들은 왜 항상 저렇게 말할까? 나이 들수록 고무줄같이 달라지는 시간의 특성을 알기엔 너무 어렸다.

이제 그 시절 삼촌의 나이에 들어서 보니 시간의 속도가 얼마나 빠른지를 체감한다. 어느새 마흔. 이것은 가히 로켓 배송을 능가하는 속도다. 이제껏 산 날 보다 살아갈 날이 적을 수도 있다는 생각에 뒷덜미가 욱신거린다. 벌써? 나 아직 젊은데? 해 놓은 것도 없다고! 현실을 돌아보니 어떻게 살아야 할지 답이 안 나온다.

나의 마흔은 암울했다. 아침에 눈을 뜨는 것조차 괴로웠던 때, 삶은 쇼펜하우어의 말마따나 고통과 권태가 시계추처럼 반복되고 있었다. 건강, 가족, 인간관계, 직장생활 등 인생 전반이 삐거덕거렸고, 불안과 불행의 늪에 빠져 흔들리고 넘어지기 일쑤였다. 열심히 사는데 왜 행복하지 않은 걸까. 그때부터였다. 이렇게 하루를 보내면 안 되겠다고 생각한 게.

삶에도 끝이 있음을 의식하는 나이가 되자 시간이 귀해졌다. 언제 죽을지 모르니 최선을 다해 지금을 살아야겠다고 생각했다. 이것은 아이러니가 아니라 명확한 진실이다. 인생이 유한하다는 사실을 깨닫자, 현재의 의미가 중요하다는 것을 알아차렸다. 나는 지금껏 살아왔고, 지금도 살아내고 있으며, 죽음에 다다를 때까지 수많은 지금을 거칠 것이다. 불현듯 사라지는 '지금'에 두려움이 몰려왔다. 찰나의 시간이라도 붙잡고 싶었다.

고민 끝에 찾아낸 방법은 의외로 간단했다. 눈에 불을 켜고 주변을 바라보기 시작한 것이다. 힘겨운 일상에서 '작지만 빛나는 순간'을 찾으려 애썼다. 그러다가 발견한 행복과 삶의 의미를 글로 옮겨 적었다. 그렇게 5년. 이제야 알겠다. 현재의 행복을 붙잡는 가장 확실한 방법은 다름 아닌 '글을 쓰는 일'이었다.

라이트라이팅. 일상 속 빛나는light 순간을 바라보고 가볍게light 글을 쓴다writing는 뜻이다. 내가 만든 말이다. 삶의 보석 같은 순간은 누구에게나 존재한다. 그런데 마음을 써 찾아보려 하기 전까지는 그게 잘 보이지 않는다. 라이트라이팅은 마치 낚싯대를 건져 올리듯 특별할 것 하나 없는 일상에서 반짝이는 순간의 의미를 찾아내는 연습이며, 늘 가까이에 있는 삶의 행복을 실질로 받아들이는 마음 트레이닝이기도 하다.

나는 라이트라이팅을 통해 잃어버렸던 삶의 에너지를 되찾았고, 세상을 조금 더 긍정적으로 보게 되었다. 가끔 날아오는 원투펀치 앞에 흔들리기도 하지만, 다시금 빛나는 순간에 초점을 맞추고 슬쩍슬쩍 이겨내고 있다. 비틀거리던 삶의 중심을 잡을 수 있었던 것은 오로지 글쓰기의 힘 덕분이다. 인생의 밝은 면을 바라보고 빠르게 지나가 버리는 순간의 행복을 하나씩 붙잡았더니 하루하루 사는 재미가 생겼다. 고통과 권태가 자리하던 공간이 조금씩 삶의 의미와 열정으로 채워졌다. 이것은 누구나 할 수 있는 일이다.

어느 노래의 가사처럼 마흔은 글쓰기 '딱 좋은' 나이다. 특히 온갖 걱정으로 하루를 채우며 위태롭게 흔들리고 있다면, 무엇보다 자기 자신을 면밀하게 관찰하고 세상에 대한 사유를 넓혀야 한다. 마흔 이후의 삶이 행복하기 위해 내적 성장이 절대적으로 필요한 이유다. 그 사유와 성장에 글쓰기만큼 훌륭한 도구는 없다.

사는 게 힘들다고 말하는 사람에게 나는 언제나 글을 써 보라고 권한다. 독자 여러분도 마찬가지다. 이 책의 출발과 끝은 '지금부터 즐거운 글쓰기를 시작합시다'라는 문장으로 채워졌다. 미리 걱정하지는 말아 달라. 라이트라이팅은 어렵지 않다. 하루하루 살아가며 '빛나는 순간'을 발견하고 적으면 끝이다. 그런 게 없다고? 아니다. 눈 크게 뜨고 관찰하면 보인다. 억지로라도 애쓰며 글을 쓰다 보면 알게 될 것이다. 세상을 바라보는 시각이 바뀌고 있음을, 생각보다 가까운 곳에 행복 덩어리가 자리하고 있었음을. 글쓰기를 통해 생각이 바뀐다. 생각은 행동으로, 행동은 삶의 변화로 이어진다. 쓰기의 힘은 이토록 위대하다.

이 책은 라이트라이팅으로 당신을 초대하는 청첩장이다. '청첩(請牒, 경사에 손님을 초청하는 일)'이라고 표현한 데는 다 근거가 있다. 글을 쓰는 행위는 자신의 인생에 관심을 가지게 되었음을 의미한다. 관심은 일상을 의식적으로 보려는 노력이다. 하루를 관찰하고, 좋은 것을 찾아 기록하며 오래도록 간직하려는 몸부림. 그것은 삶에 대한 사랑이다. 결국, 글쓰기는 자신을 사랑하고 삶을 사랑하고 세상을 사랑하는 일이다.

내 인생을 사랑하기로 했는데, 이 어찌 경사가 아니겠는가.

이제 글쓰기는 소수의 전유물이 아니다. 누구나 쓰고, 공유하고, 공감을 주고받을 수 있다. 더군다나 삶이 좋은 방향으로 바뀔 수 있다면 망설일 필요가 없다. 당장 노트, 컴퓨터, 태블릿 등 각종 필기도구를 열어 보자. 그리고 무엇이든 써 보자. 막상 쓰려니 두렵고 어디서부터 뭘 해야 할지 모르는 답답한 마음, 이해한다. 나도 그랬으니까.

삶의 의미를 찾으려 고군분투하는 나의 친구들에게, 글쓰기를 어디서부터 시작해야 할지 궁금한 초심자들에게, 무엇보다 자신의 인생에 밝은 햇살을 선물하려는 당신에게 전하고 싶은 이야기를 담았다. 우리에게 필요한 것은 수려한 문장력을 키워주는 작법 기술이 아니라 부담 덩어리인 줄로만 알았던 '글쓰기'라는 행위가 사실은 무척 친근한 녀석이었다는 알아차림이다. 글쓰기는 어렵지 않다. 부담스럽지도 않다. 무엇보다 즐겁게 쓸 수 있다. 지극히 평범한 나도 했으니, 여러분은 더 잘할 거다. 쓰기와 일상을 버무린 이야기를 따라가며

'이 정도면 나도 쓰겠다'라는 용기를 한껏 받아 가길 바란다.

특별함이라고는 일도 없던, 유튜브와 웹툰에 빠져 살던 한 인간이 쓰는 사람이 되기로 하고 오랜 시간이 흘렀다. 그동안의 '쓰기'를 돌아보니 알겠다. 일과 육아에 시달리면서 짬을 내고, 자주 점심을 거르고, 꿀 같은 주말 새벽에도 벌떡 일어나 무인 카페로 향했던 이유는 그저 행복해지고 싶었을 뿐이다. 이제 나는 라이트라이팅을 감히 '행복을 시도하는 행위'라고 부른다. 이 책을 읽고 여러분 중 단 한 사람이라도 라이트라이팅을 시작한다면, 그래서 전에는 볼 수 없던 행복을 마주할 수 있다면 더 바랄 것이 없다.

책을 덮을 때쯤 '쓰기'에 대한 생각이 가벼워졌으면 좋겠다. 삶의 의미와 행복을 붙잡는 최고의 방법은 평범한 일상에 숨어 있는 빛나는 순간을 찾아 온전히 누리는 것이다. 라이트라이팅이 건네는 작은 선물을 여러분 모두가 받을 수 있기를 진심으로 기원한다.

차례

1부 · 왜 라이트라이팅일까?

2부 · 무엇을 쓸 것인가_ 글감에 관한 고찰

1부

왜 라이트라이팅일까?

1
장

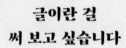

**글이란 걸
써 보고 싶습니다**

랄랄라, 라이트라이팅

혹시 그거 아는가. 인간의 뇌는 부정negative의 사고를 할 수 없단다. 나도 어제 알았다. 인스타그램에서 우연히 보게 된 게시물 덕분이다. 출처를 밝히고 싶지만 한 번 보고 휙 지나가 버려서 생각이 안 난다. 가물가물한 기억을 되짚어 대략의 내용을 소개한다.

사람은 부정적인 생각을 할 수 없다. 못 믿겠다고? 그러면 이 말을 따라 해보자.

"여러분! 지금부터 절대로 코끼리를 생각하지 마세요!"

어떤가. 머릿속에 아기코끼리 점보가 날아다니고 있지 않은가.

스키 선수들이 빠른 속도로 코스를 내려오고 있다. '나무에 부딪히면 안 돼. 나무를 피해야 해!' 이렇게 생각하면 나무만 보인다. 그렇다면 어떻게 생각해야 할까?

'길만 잘 따라가면 돼.' 바로 이거다. 별것 아닌 내용이라 치부할 수도 있겠지만, 이때 나는 머릿속에 '뿅'하고 전구가 켜진 느낌이었다. 내가 감동했으니 당신도 공감하라는 윽박질이어도 괜찮다. 부정적인 시선을 뒤집어 바라보는 것만으로 인생의 많은 일이 달라질 수 있기 때문이다. '믿거나 말거나'라고 생각한다면 가급적 믿어 보는 쪽을 선택하길 바라며.

지난날의 나는 참 부정적인 사람이었다. 인정하기 싫었지만 뭐랄까, 마음속에 빅사이즈의 피해 의식이 자리 잡고 있었다. 내 의도는 이게 아닌데, 왜 사람들이 싫어하지? 왜 나를 시기하지? 내가 뭘 그렇게 잘못했길래? 실제로 그랬는지와는 상관없이 오랜 시간 동안 쌓여 온 부정적인 생각은 나를 우울의 구렁텅이로 몰아넣었다. 사람이 싫었고, 세상이 싫었고, 나 자신도 싫었다.

하지만 이런 찌질한 생각들은 글을 쓰기 시작하면서부터 조금씩 변해갔다. 물론 여전히 모자라고 쭈글쭈글한 인간이지만, 그래도 그때에 비하면 상전벽해 괄목상대 신장개업 수준이다. 이 모든 변화는 다름 아닌 '글쓰기' 덕분이다.

그간 출간했던 세 권의 책은 각기 제목과 내용은 다르지만, 결은 모두 같다. 일상에서 건져 올린 보석 같은 순간의 기록이다. 돌아보니 알겠다. 지난 몇 년 동안 나는 그렇게도 열심히 라이트라이팅을 해왔던 거다. 살기 위해서, 그리고 이제는 더 잘살기 위해서.

비루한 글쟁이로서 욕심은 끝이 없다. 따뜻한 소설도 쓰고 싶고, 몇 개의 단어와 문장으로 큰 울림을 주는 시인도 되고 싶다. 글의 형식이야 달라질 수 있겠지만, 앞으로도 나는 라이트 라이팅을 멈추지 않을 것이다. 거기에다 플러스. 이 좋은 글쓰기를 널리 널리 알리고 싶다. 그래서 인생의 밝은 면을 보며 달리는 사람이 많아졌으면 좋겠다.

글쓰기에 관심을 가지기 시작한 당신에게 주문한다. 이제 다음 페이지를 넘겨 보라고!

감히 글을 쓰겠다고?

돌아보면 꿈같은 이야기다. 보잘것없던 인생에 '글쓰기'라는 손님이 찾아왔다. 평범한 직장인이었고 앞으로도 그저 그런 인간 예정자. 나는 서른 후반을 지나며 지독한 사십춘기에 시달렸다. 평생 이렇게 살아야 하나? 이제 뭘 해야 하지? 난 무엇을 좋아할까? 아니, 나는 누굴까? 돌파구가 필요했지만, 일과 육아에 매인 현실은 녹록지 않았다.

그저 우연이었다. 출장길 대전복합터미널에서 버스 시간이 남아 상가 곳곳을 돌아다니다 에스컬레이터가 보이길래 무심코 2층으로 올라갔다. 어라, 여기 서점이 있었네. 오랜만에 교양인처럼 책 좀 볼까? (심지어 당시 나는 10년 넘도록 책을 읽지 않은 사람이었다!) 몇 권의 책을 집어 들었고, 나는 그날부터 잃어버린 독서를 시작했다. 모든 게 순식간에 일어난 일이었다. 터미널에 서점 말고 다른 게 있었다면 지금 무엇을 하고 있었을까.

문득 글을 써야겠다는 생각이 들었다. 내 이야기를 기록하고 싶어졌다. 방향 없는 자기계발을 이어갈수록 쓰기의 욕구가 커졌다. 그래. 공부하자는 마음 반, 이 지지부진한 삶이 개선되기를 바라는 마음 반으로 (+ 베스트셀러 작가가 되어 퇴사하겠다는 허황된 마음을 욱여넣으며) 글쓰기의 세계에 발을 들였다. 그리고 얼마 지나지 않아 거대한 벽을 만나게 된다.

'네까짓게'라는 이름의 벽이다.

'쓰고 싶다 쓰고 싶지 않다'의 문제가 아니라 '과연 내가 글을 쓸 자격이 있는가?'라는 근본적인 고민이었다. 엄하신 아버지와 자애로운 어머니가 등장하는 자소서 레퍼토리처럼, 누구보다 격렬하게 천편일률적이고 평범한 인생을 살아온 내가 세상에 내어놓을 이야기가 뭐가 있겠냐는 의구심 말이다.

자격지심 한편에선 무언가를 쓰고 싶다는 욕망이 계속 꿈틀거렸다. 넘치던 의욕이 무색할 정도로 현실의 내 모습은 초라하기 그지없었다. 가만히 앉아 노트북 화면에 깜빡이는 커서를 바라볼 때마다 자신감이 뚝뚝 떨어졌다. 동시에 마음속 깊은 곳에서 누가 자꾸 속삭인다.

'네가 뭐라고 글을 쓰겠냐. 포기해.'

에라 모르겠다. 무작정 적었다. 작가와 독자가 혼연일체(=한 몸)인 글이었지만, 그저 써 내려갔다. 오늘 있었던 일, 만났던 사람, 느꼈던 감정. 하지만 어제가 오늘 같고 내일이 오늘 같은 내게 무슨 특별한 일이 있을까. 그러다 문득 이런 생각이 떠올랐다.

잠깐. 대한민국 인구가 5천 만 명인데 그중에 나랑 비슷한 인간 한 명쯤은 있지 않을까? 비슷한 상황에서 비슷한 고민을 하고 비슷한 불편을 겪고 있을 누군가에게 하고 싶은 말을 적어보면 어떨까? 그는 나와 비슷한 사람이니, 결국 그에게 하는 얘기는 자신에게 하고 싶은 말과 다름없다. 나는 나에게, 계속해서 '좋은 방향으로 변하라'라는 주문을 외웠다. 삶의 균형을 찾기 위해 헤매고, 흔들리고 또 흔들리는 인생의 중심을 잡으려고 애썼다. 딱 한 사람이면 된다. 나의 글에 동의하고 공감하고 힘을 받을 사람은. 그것이 내가 되었든, 타인이 되었든. 이제야 글을 쓸 자격이 코딱지만큼 생긴 것 같다.

내 인생을 살아 온 사람이 세상에 나뿐이라서가 아니라, 나에게 공명하는 독자가 있기에 삶이 특별해질 수 있다. 세상에는 나의 이야기가 필요한 사람이 반드시 있을 것이다. 이런 어마무시한 자기합리화 회로를 머리에 씌워버린다. 좋다. 이제 글을 써도 되겠다. 당신도 마찬가지다.

누구나 쓸 수 있다. 쓰려고 마음만 먹는다면. 글쓰기는 누구에게나 공평한 일이니까.

무엇을 쓸까

옛날에 어떤 형님이 그랬다. 작가에게 무엇을 써야 하는지 제발 묻지 말라고. 심지어 작가들의 모임에서도 서로에게 글의 소재를 어디에서 얻는지 얘기하지 않는다고 한다. 이유는 아주 간단했다. 실제 그들조차도 어떻게 영감을 얻는지 모른다는 사실을 알기 때문이다. (이런 주옥같은 얘기를 해주신 분의 이름은 미국에 계신 스티븐 킹 형님이다!)

우스갯소리 같지만 사실 전혀 웃기지 않았다. 아니 스티븐 형 같은 대작가도 무엇을 써야 할지 모르겠다는데…… 우리 같은 초보자는 대체 어디에서 글감을 발견해야 한다는 말인가. 잠시 억울한 마음이 들었음을 고백한다.

하지만 괜찮다. 벌써 마음 졸일 필요는 없다. 아직 두 번째 꼭지밖에 안 되었는데 글쓰기에 겁을 먹어야 쓰겠나. 사실 '무엇을 써야 하는가?'라는 질문의 답은 정해져 있다. 특히 에세이를 쓰고자 하는 사람이라면. 곧바로 정답 들어간다.

내 얘기를 써야지. 그럼 누구 얘기를 쓰려고?

혹시 당황했는가. 그러기엔 이르다. 우리는 지금 막 글을 쓰려고 마음먹은 사람이니까. 일단 내가 잘 알지도 못하는 남의 이야기는 거르고 보자는 얘기다. 글쓰기의 범위를 '나'로 한정하고 시작한다. 당연하다. 특히 에세이는 생활밀착형 글이다. 수필의 수(隨) 역시 '생각을 따른다'는 의미다. 즉, 하루 중 보고 듣고 느낀 것들, 씹고 뜯고 맛보고 즐긴 것들을 생각하고, 그것을 따라 적어 내려가는 글이 에세이다.

이쯤 되면 예상 질문이 튀어나올 것이다.

"저기요, 작가 양반. 제 하루는 너무너무 평범해서 도무지 쓸 게 없는데요? 아침에 일어나서 출근했다가 점심 먹고 일하고 퇴근해 씻고 영상 보다가 자는데요?"

말 한번 잘했다. 별거 아닌 듯한 저 질문에도 글감이 차고 넘친다. 일어나서 무슨 생각을 했는지, 출근길에 무엇을 보았는지, 점심 메뉴는 어땠는지, 무슨 영상을 보고 어떤 감정이 들었는지……. 흐르는 물처럼 그저 흘려보냈기에 의식하지 못할 뿐이다.

이렇듯 평범하다 못해 지루한 일상도 자세히 보면 새롭다. 꺼진 불도 다시 보자는 고사성어 아니 고사표어의 정신에 따라 지나간 하루를 다시 꼼꼼하게 돌아보는 거다. 그리고 어떤 것이든 적어 본다. 일기가 되어도 괜찮다. 쓸 게 없다면 날씨라도 써 보자. 일단은 '끄적인다'는 사실이 중요하니까.

에세이.

그중에서도 일상의 작은 행복에 대해 써야겠다고 생각한 이유는 단순했다. 내 인생에 큰 행복이 없었기 때문이다. 나는 종종 불행했고, 다른 이에 비해 몸도 마음도 약했다. 평범한 하루를 보내며 그저 그런 인생을 보내는 내게 특별한 글감이 있을 리 없었다. 그렇게 생각했다.

기억하는 글 중 제일 처음 썼던 꼭지는 '사물함'에 관한 글이었다. 운동하러 헬스장에 갔다가 락커룸을 보며, 내 마음에도 귀한 것들을 보관해줄 수 있는 사물함이 있으면 좋겠다고 생각했다. 또, 어느 날에는 화장실에 앉아 두루마리 휴지를 보았다. 돌돌 말린 휴지가 그날따라 왜 이렇게 신경이 쓰이는지. 훌쩍 지나가는 시간 같았다. 이외에도 출근길에 만난 아저씨, 점심시간에 산책하며 본 거미줄, 서쪽 하늘에 나타난 눈썹달 등 글감은 내 주변에 있다는 것을 알게 됐다.

항상. 늘. 언제나.

글쓰기를 시작하려는 수많은 마흔에게 외친다. 무엇을 써야 할지 모르겠다면 하루를 되짚어 보는 것에서 출발하라고. 그리고 책상에 앉아 떠오르는 에피소드를 A부터 Z까지 최대한 자세히 적어 보라고. 오늘 나에게 주어졌던 시간 중 가장 기억하고 싶은 일은 무엇인지. 그때 어떤 감정을 느꼈는지. 죽이 되든 밥이 되든 슬러시가 되든 일단 써 보는 거다. '글력'의 시작은 의자에 궁둥이를 붙이는 순간부터다.

언제 어디서 쓸까

'지랄 총량의 법칙'이라고 들어 보았는가. 사람이 평생 떨어야 할 지랄의 총량이 정해져 있다는 뜻이다. 어떤 사람은 사춘기 때, 다른 사람은 성인이 되어 늦지랄(?)이 나기도 하지만, 하여 간 전체 지랄의 양은 고정되어 있으니 너무 슬퍼하지 말라는, 어찌 보면 인생의 지혜가 담겨 있는 말이 아닐까 싶다.

웃자고 썼지만, 모두에게 똑같이 주어지는 게 지랄 말고 하 나 더 있다. 바로 '시간'이다. '시간 총량의 법칙'은 굳이 얘기하 지 않아도 알아차릴 것이다. 신은 모든 이에게 공평하게 24시 간을 주고 하루를 살아가게 했다. 그것을 어떻게 사용하는가 는 전적으로 인간의 몫이다. 자, 이제 질문 들어간다. 글을 쓰 려고 마음먹은 우리는 대체,

"언제 어디서 글을 써야 하나요?"

하나는 시간의 문제고, 다른 하나는 장소의 문제다. 보다시 피 애매하게 두 개의 질문을 하나로 섞었으니, 정답도 모호하 게 섞어 보겠다.

애니타임_{anytime}

애니웨어_{anywhere}

단순한 답변에 욕하지 말아달라. 너무나도 당연한 말 같지만, 막상 해보면 안다. '애니타임'에 '애니웨어'에서 글을 쓴다는 게 얼마나 어려운지. 사실 글쓰기에 알맞은 시간과 장소가 무엇이냐는 것만큼 어리석은 질문은 없다. 각자 자신이 처한 상황과 환경 속에서 최적의 시공간을 찾으면 되니까. 그런데도, 기필코, 이번 꼭지를 쓰고 싶은 이유는 바로 위에서 언급한 시간 총량의 법칙 때문이다.

　글쓰기는 시간을 많이 잡아먹는 작업이다. 궁둥이를 붙이고 정신을 집중해야 한다. 가만히 있어도 머릿속에서 글자가 막 튀어나오는 극소수의 천재를 제외하고(부러워), 일정 시간을 투입해야 결과를 얻을 수 있다. 어찌 보면 글쓰기는 굉장히 정직한 일이다.

다시 정리해 본다. 지랄 아니 시간 총량의 법칙에 따라 글을 쓰지 않던 사람이 글을 쓰려면, 예전에 다른 일을 하며 보내던 시간을 데려와 글쓰기에 갖다 바쳐야 한다. 자는 시간을 줄이든지, 밥을 거르든지, 드라마와 유튜브를 멀리하든지 해서 시간을 확보해야 한다. 놀 거 다 놀고 볼 거 다 보고 즐길 거 다 즐기면서 글까지 쓰겠다는 건 만용이고 욕심이다. 하나를 포기해야 다른 하나를 취할 수 있다. 그나마 가장 확보하기 쉬운 시간은 여러 가지 네모(TV, 모니터, 스마트폰)에 빠져 있는 시간이라는 사실.

고정적인 시간 확보 외에도 중요한 것이 있다. 바로 '자투리' 시간이다. 출근 시간, 휴식 시간, 외근 나가는 전철 안, 화장실에 앉아 있는 시간, 대기 시간. 우리는 하루를 보내며 생각보다 꽤 많은 자투리를 만난다. 길 가다 자투리를 마주한다면, 그저 흘려보내지 말고 반가워하며 글쓰기와 연관된 일을 해보자. 글감을 떠올린다거나 생각을 짧게 적어 본다거나 책을 읽는다거나. 이렇게 시간을 활용하면 평소보다 훨씬 더 많은 시간을 확보하게 된다.

여기서 잠깐!

'애니타임, 애니웨어'를 지향하는 글쓰기에 꼭 필요한 것이 '툴tool'이다. 디지털 세상답게 요즘은 어떤 방식으로든 인터넷만 연결되어 있으면 기록을 남길 수 있다. 자신의 SNS를 활용하는 방법도 있지만, 글이 완성되기까지 메모장으로 활용할 수 있는 애플리케이션이 있다면 좋다. PC, 노트북, 태블릿, 스마트폰 등 여러 기기에서 연동되는 애플리케이션을 추천한다. 나는 구글 KEEP 애플리케이션을 이용해 동에 번쩍 서에 번쩍

하며 끄적이고 있다. 마땅한 기기가 없을 때는 그냥 스마트폰을 열고 엄지 신공을 펼친다. 덕분에 오십견이 빨리 올 것 같지만 어쩔 수 없다. 그 외에도 에버노트, 노션 등 여러 가지 툴이 있으니 활용해 볼 것.

언제 어디서나 글을 쓸 준비가 되어 있다는 것은 바야흐로 삶에 관심을 가지기 시작했다는 증거다. 자신은 물론 나를 둘러싼 주변의 존재를 살피고 관찰하고 의미를 찾으려는 노력은 비단 글쓰기를 위한 것만이 아니다. 쓰는 사람이 된다는 것은 인생의 많은 부분을 의식적으로 살아간다는 것과 다르지 않다. '애니타임, 애니웨어'에서 말이다.

PS

우리 집에는 수많은 집필 공간이 있다. 안방 책상, 거실 테이블, 침대 사이드. 그중에서도 나의 최애 집필 공간은 캠핑 분위기로 세팅된 발코니다.

글감이 되는 것:

당연한 것을 당연하지 않게

"그래. 대충 뭔지 알겠어. 라이트라이팅이라는 거 말이야. 근데 하나 물어볼게. 그 빛나는 순간이라는 거, 내 눈에는 당최 보이지 않아. 있긴 있는 거야? 말해 봐. 라이트라이팅의 소재는 도대체 어떻게 발견해야 하는지 말이야."

누군가 내게 물었다. 일상에서 글쓰기 소재를 건져 올리는 특별한 방법이 있느냐고. 그럴 때마다 나는 일관되게 말한다. 보라고. 그냥 보지 말고 무엇이든 자세히 보라고. 즉, '관찰'이다. 주변을 관찰하고, 풍경을 관찰하고, 사람을 관찰하고, 나의 경험과 생각도 관찰하는 것이다. 글감은 어느 날 갑자기 하늘에서 뚝 떨어지지 않는다. 계속해서 보고, 또 보고, 다시 봐야 생기는 법.

그런데 오늘 글을 쓰면서 여기에 반드시 하나가 추가되어야 함을 깨달았다. 자세히 들여다본다고 해서 보이지 않던 의미가 갑자기 튀어나오는 건 아니니까. 물론 라이트라이팅에서 관찰의 힘은 굉장히 중요하지만, 핵심은 다음의 문장에 있다.

당연하다고 생각했던 것을

당연하다고 생각하지 말 것.

응? 말이냐 방귀냐. 당연하지 게임도 아니고. 하지만 얼마나 생각해 봤는가. 아침에 일어나 출근하고 일에 파묻혀 이리저리 시달리다 간신히 퇴근해 밥을 먹고 지지고 볶다 잠자리에 드는 순간까지, 우리는 온종일 당연한 것들과 함께 살아간다. 익숙하다는 표현이 더 정확할지도 모르겠다. 이제부터 그 '당연하다고 여긴 존재들'에게 한 번 더 물어보는 거다.

너는 왜 거기에 있어?

너는 왜 만들어졌을까?

너는 왜 지금 이곳을 지나가니?

나는 왜 너를 보며 이런저런 생각을 하는 걸까?

도대체 왜? 왜? 왜?

하늘과 나무와 건물과 사람과 자동차와 기타 일일이 열거할 수 없는 수많은 존재에게 '왜?'라고 묻는 것이 라이트라이팅의 소재를 찾는 출발점이자 글쓰기의 시작이라고 이 연사 자신 있게 외칩니다! (웅변대회 출신)

1. 비가 온 다음 날, 길을 걷다 보도블록 위에서 지렁이를 만났다. '어우 깜짝이야!'에서 그치지 말고 생각한다. '쟤는 왜 땅 위로 올라와서 저러고 있지?' 알고 보니 지렁이는 물이 스며든 땅속을 피해 밖으로 나온 것이었다. 숨을 쉬기 위해서, 살기 위해서였다. 제기랄, 살려고 나왔는데 더 힘들어졌네. 내가 회사를 그만두게 되면 이 지렁이처럼 되는 게 아닐까?

2. 온종일 시달리다 간신히 퇴근했다. 버스에서 내려 터벅터벅 집에 가는데 플라타너스 낙엽이 바닥에 찰싹 붙어 있다. 젖은 낙엽에 나의 상황과 생각을 투영해 본다. 그리고 고민한다. 혹시 저 녀석과 나에게 공통점이 있는지, 아니면 그것이 어떤 의미를 줄 수 있는지. 이럴 수가. 바닥에 붙어 떨어지지 않는 낙엽이 힘겹게 버티고 있는 내 모습 같다.

시선에 의미가 담길 때 우리는 비로소 세상에 로그인한다. 당연한 현상, 익숙한 존재를 앞에 두고 하나의 질문을 더 건네는 것만으로도 어떤 의미를 발견할 수 있는 확률이 훨씬 높아진다. 사람과의 관계도 마찬가지다. 타인의 언행을 관찰하고, 똑같이 물어보는 거다.

'나는 그때 왜 이렇게 행동했지?'

'그 사람은 어떤 마음이었을까?'

당연한 결론이겠지만 쌓아 온 생각이 많을수록, 사유가 깊어질수록 좋은 글이 되어 세상 밖으로 나올 것이다. 이것은 단순히 새로운 것을 발견하는 개념이 아니다. 동떨어져 있다고 생각했던, 나와 전혀 관계없다고 여겼던 수많은 존재와 나를 연결 짓는 행위다.

주위의 모든 것들이 글감

꽃샘추위가 지나가고 날씨가 많이 풀렸다. 겨우내 웅크렸으니 이제라도 많이 걸어야겠다 싶어 집 근처 호수공원을 찾았다.

호수 산책로 입구. 물가에 무언가 꿈틀거린다. 마치 족욕을 하듯 긴 다리를 물에 담근 채 몹시 우아한 자태를 뽐내고 있는 괴생명체. 새다. 그것도 엄청나게 큰 새. 이름은 모르지만, 맨날 비둘기랑 까치만 보다가 겁나 큰 새를 보니 신기하기 그지없다. 조심스레 접근해 스마트폰 카메라를 들이대자 귀찮다는 듯 휙 하고 날아가 버린다. 오, 날개를 펴니까 더 크잖아? 잔뜩 신난 표정으로 저 새 이름이 뭐냐고 묻는 아이에게 두루미라고 대충 둘러댔다.

집에 돌아와 사진첩을 열었는데 녀석의 이름이 궁금하다. 검색창에 '두루미'를 입력하고 녀석의 생김새를 면밀하게 비교 대조 검토한다. 이상하다. 비슷한데 다르다. (뭔 소리냐.) 두루미는 머리에 빨간 털이 있는데 얘는 없다. 날개도 흰색이 아니라 회색이다. 그럼 두루미가 아닌가 보네. 누구냐, 넌?

몇십 분 동안 눈을 부릅뜨고 살펴본 결과, 녀석이 왜가리라는 결론을 내리고 아이에게 말해줬다.

"아들, 이거 두루미가 아니고 왜가리래. 알았지? 큰 새가 다 비슷해 보여도 두루미도 있고 학도 있고 백로도 있고."

"어. 알았어." (시큰둥)

그놈이 그놈인 줄 알았는데 뜯어 보니 다르더라.

관심이 없었으니 알 수가 없다.

글쓰기도 마찬가지다.

찾아보고 공부하고 직접 써 봐야 안다.

생각에 생각이 꼬리를 문다. 우연히 큰 새를 만났고, 녀석의 이름을 찾아내려고 스마트폰을 만지작거리다 문득 글쓰기에 대한 상념에 빠졌다. 그래. 쓰는 것도 똑같다. 관심을 두고 써 보기 전에는 알 수 없다.

글쓰기뿐만이 아니다. 공부를 멈추지 않는 이유는 우물 안에서 늙어 죽기 싫어서다. 내가 보는 세상이 전부가 아니라는 사실. 결국, 배우고 성장하는 것이 힘이다. 성장 없는 삶은 공허하다. 아무리 부자가 되어도 성장이 없으면 팥 없는 찐빵이요, 슈크림 없는 황금잉어빵이다.

방법은 쉽다. 먼저 관심 분야를 찾는다. 운동, 음악, 글쓰기, 등산 등 그 어떤 것이라도 좋다. 중요한 것은 관심 있다고 입만 털지 말고 실제 행동으로 옮겨야 한다. 행동하지 않는 꿈은 목표가 아니라 희망 사항일 뿐이다. 그와 관련된 책을 읽고, 공부하고, 또 실행에 옮긴다. 어느 분야든 꾸준히 하다 보면 실력이 는다. (전혀 늘지 않는다면 과감히 포기하고 다른 일을 찾아야…….) 그렇게 시간이 차곡차곡 쌓이면 일정 수준에 오르게되고, 언젠가는 '전문 ○○○'이라고 불릴 수 있겠지. 더 높이 올라가고 싶지만 일단 그 정도를 목표로 삼는다. 모두가 세계 챔피언이 될 수는 없는 노릇이다. 일단 전문가가 되어야 한다. 최고가 되고 싶다는 꿈은 그다음이다.

내가 선택한 새로운 세계는 글쓰기다. 이제 5년 차. 여전히 어설프기 그지없는 필력과 솜씨랄 것도 없는 비루한 글쟁이지만, '작가가 되고 싶다'는 꿈 앞에서 입만 털지는 않았으니 그것만큼은 많이 칭찬해주고 싶다. 그리고 앞으로는 글을 통해 어떤 방법으로든 세상에 필요한 사람이 되겠다고 마음을 다잡아 본다.

회사 밖에서부터 행복한 사람이 되겠다는 다짐은 차곡차곡 실행 중이다. 나는 글쓰기에서 그 해답을 찾고 있다. 그리고 새로운 꿈을 꾼다. 글쓰기, 꾸준히 글쓰기, 직장인 글쓰기, 책 쓰기, 부캐로 작가 되기, 출간하기. 글을 쓰고 싶어 하는 수많은 직장인에게 내가 힘이 될 수 있을까. 무명의 글쟁이가 세상에 내어줄 수 있는 것은 무엇일까.

호수에 똑같은 새가 있지만, 누구는 눈길도 안 주고 누구는 사진을 찍고 누구는 이름을 찾고 누구는 그 새를 잡으러 간다. 나는 글쓰기를 잡으러 갈 것이다. 일단 간다. 쭉.

초고의 중요성 :

차마 읽기 어려운

글을 쓰려는 사람이라면 한 번쯤 들어 봤을 법한 문장이다. 노벨 문학상과 퓰리처상에 빛나는 어니스트 헤밍웨이 형님이 남기신 명언.

"모든 초고는 쓰레기다."

그가 언제 이런 말을 했는지 밝혀지지 아니 찾아보지 못했으나, 이는 꽤 오랫동안 초보 작가들에게 꿈과 희망과 용기를 남겼으리라. 물론 나에게도 그랬으나 부작용도 있긴 했다. 헤밍이 형 초고가 쓰레기면 내 초고는 뭐야, 흐엉.

웃자고 하는 말이니 너무 마음 아파하지 말 것. 소문에 의하면 헤밍웨이가 《노인과 바다》를 쓸 때 무려 400번을 퇴고했단다. 그 (고급) 쓰레기를 고치고 바꾸고 수정하고 재정비하고 메이크업하는(죄다 같은 말임) 일련의 과정을 반복하며, 최고의 명작으로 탈바꿈했다는 전설이 전해지고 있으니, 형님 말씀대로 내가 쓴 글이 아무리 쓰레기 같아도 용기를 잃지 말아야 할 것이다.

처음 글을 썼을 때가 생각난다. 내 비록 국문과나 문예창작과 출신은 아니지만 나름대로 대한민국 정규 교육 과정을 마친 사람. 국어 점수도 좋았고, 논술 시험까지 보고 대학 간 사람 아니었던가. 하지만 아직도 떠오른다. 처음으로 만들었던 낯부끄러운 글이. 무슨 말을 하는지도 모르겠고, 맞춤법도 엉망이고. 고개를 들 수 없었다. 너무 놀리지 말아 달라. 나의 첫 쓰레기 역시 수많은 재개발과 리모델링을 거쳐 당당히 원고가 되어 세상에 출간되었으니까. 퇴고의 힘은 분명 놀랍다.

하지만 나는 여기에 작은 반전이 숨어있다고 믿는다. 헤밍웨이의 '쓰레기 명언'의 핵심은 퇴고가 아니다. 글을 고치는 것도 물론 필요하지만, 그의 말에는 이보다 훨씬 중요한 글쓰기의 진리가 담겨 있다.

글을 고치려면 '고칠 글'이 있어야 한다.

쓰려고 마음먹었다면 어떻게든 써야 한다는 것이다. 쓰레기 같은 초고라도 쓰레기가 되어 세상에 나와야지, 쓰레기조차 되다 만 형체 불명의 존재가 되어서는 안 된다.

오늘부터 글을 쓰겠다고 해 놓고 몇 줄 끄적이고 중간에 멈추거나, 아니면 시작조차 하지 못하는 경우가 허다하다. 물론 나도 그랬다. 잘 쓰려는 욕심 따위는 안드로메다로 보내 버리고, 일단 쓰자. 마음 가는 대로 글이 되든 일기가 되든 에세이가 되든 무작정 써 보자. 쓰레기 같아도 초고가 있어야 고쳐 쓸 수 있는 것 아니겠나.

나에겐 헤밍웨이 형님과 버금가는 누님이 한 분 계신다. 뼛속까지 내려가서 쓰라던 나탈리 골드버그 누님을 무척 존경하지만, 그녀에게 모기만 한 목소리로 외치고 싶다. 물론 그것도 중요하겠지만요, 우리에게는 뼛속까지 내려가기 전에 먼저 글을 써내어 놓을 용기가 필요하다고요.

'시작했으면 끝을 봐야 한다.'
이것은 매우 중요한 문제다.

선 집필 후 퇴고 :

막시즘 말고 막쓰즘

나는 정치와 철학 그리고 종교 얘기를 좋아하지 않는다. 하물며 이 주제로 글을 쓴다는 것은 상상도 할 수 없는 일이다. 따뜻하고 안락한 글의 공간을 전쟁터로 만들고 싶지 않다는 나의 작은 소망이기도 하다. '여러분 저는 평화를 사랑하는 사람이오니 시비와 공격은 무조건 반사 조건 반사입니다'.

이런 내가 '막시즘'이라는 무시무시한 단어를 들고 왔다. 아시다시피 막시즘은 마르크스주의라고 불리며 이런저런 내용의 사상과 학설을 일컫는데, 제목을 보고 대충 예상했다시피 막시즘이 튀어나온 이유는 다음의 신(新) 개념을 소개하기 위한 자리와 포석, 장판과 멍석일 뿐이다. 단지 발음이 비슷하다는 이유로.

* **막쓰즘**(Justwritism)
글쓰기를 시작할 때 가장 중요한 행동 양식이자 사상의 기초가 되는 개념으로, 이것저것 재지 말고 '막' 써야 한다는 이론. 유사 개념으로 '막쓰주의', '막 써', '걍 써' 등이 있다. (출처 : 내가 만듦)

"작가님 저는요, 글을 한번 쓰면 정말 며칠 동안 머리를 싸매고 있어요. 한 편을 완성할 때까지 너무 오래 걸리고 그마저도 마음에 안 들면 발행을 못 해요."

얼마 전 브런치에 합격한 지인이 고민을 털어 놓았다. 당최 글을 못 쓰겠다고. 아니, 쓰긴 쓰겠는데 도무지 진도가 안 나간다는 얘기였다. 초장부터 장문의 글을, 그것도 멋지게 쓰는 데 신경이 쏠려 있다 보니 글이 앞으로 가지 못하는 듯 보였다. 그래서 작가님께 진심을 담아 조언해드렸다.

"처음 한두 달은 막 써 보세요. 내용에 신경 안 쓰셔도 되고요, 주제가 산으로 가도 괜찮아요. 지금 작가님께 필요한 건 길고 멋지고 감동적인 글을 쓰는 게 아니라 짧더라도 어떻게든 한 꼭지를 마무리하는 힘이 아닐까·싶어요. 그렇게 글력(力)이 쌓이면, 그때부터 품질(?)을 고민하셔도 늦지 않아요."

완벽의 굴레에 갇혀 일주일에 하나 간신히 발행할까 말까 했던 그는 요즘 거의 매일 한 꼭지씩 쓰고 있다. 신기한 사실은 그가 내놓는 글이 기존의 것들과 비교해 별반 차이가 없다는 것이었다. (둘 다 훌륭하다는 뜻이다.) 오호라, 일단 쓰고, 마무리를 짓고, 그다음에 수정하는 게 더 좋을 수도 있겠구나. 막쓰즘이 빛을 발하는 순간이었다.

세상에 완벽이란 없다. (그렇게 믿는 사람이다.) 글쓰기에 있어서는 더더욱. 퇴고할수록 고칠 부분이 계속 보인다는 사실이 이를 방증한다. 막쓰즘은 아무거나 쓰라는 게 아니다. 지옥의 무한궤도에 빠져 닿을 수 없는 완벽을 쫓느니, 일단 마무리 지은 후에 시간을 가지고 수정하는 것이 훨씬 낫다는 의미다.

나 역시 그랬다. 막쓰즘을 받아들이자 글쓰기가 훨씬 즐거워졌다. 타인의 시선을 의식한 채 완성도 높은 글을 써야겠다는 부담이 줄어들었고, 나의 이야기를 쓰는 일이 재밌어졌다. 뭐 어때. 어차피 이건 나밖에 못 쓰는 얘기잖아. 일단 써 보자. 글쓰기가 즐거워지네. 이것이 바로 막쓰즘의 위력이다.

한 꼭지를 붙들고 몇 주 동안 키보드 앞에서 씨름하고 있는 당신을 막쓰즘의 세계로 초대한다. 글쓰기에 부담을 내려놓자는 말을 하려고 여기까지 왔다. 쓰기 힘들 때 해결책은 다음의 두 가지뿐이다. 다른 방법은 없다.

1. 막 쓰기
2. 걍 쓰기

인풋 없이는 아웃풋도 없다

그런 날이 있다. 글을 쓰긴 써야겠는데 도무지 생각이 떠오르지 않는 날. 어떤 소재를 끌어와야 할지 머릿속이 까맣게 된 만큼 속도 시커멓게 타들어 가는 날. 한마디로 말하면, '쓸 게 없는' 날이다.

에세이를 쓰는 자로서 글쓰기 소재를 건져 올릴 곳은 쌔고쌨다, 라고 말하려다 흠칫했다. 맞다. 눈에 보이는 것들 모두 훌륭한 글감이다. 하지만 본다고만 해서, 자세히 관찰한다고만 해서 자연스럽게 글을 쓰게 되는 건 아니다. 그게 가능하다면 이렇게 힘들지 않겠지. 앞서 당연한 것을 당연하지 않게 여기며 주변을 둘러보라 했지만, 우리에겐 한 가지의 노력이 더 필요하다.

'일단 많이 집어넣어라.'

쓰기는 전형적인 아웃풋이다. 우리는 우주에 공통으로 적용되는 만물의 법칙을 알고 있다. '인풋 없이 아웃풋도 없다'라는 단순한 진리는 글쓰기에도 그대로 적용된다. 글로 쏟아내기 위해서는 많은 것을 머릿속에 집어넣어야 한다.

그렇다면 그 '많은 것'은 무엇이냐. 오감만족이라는 말을 들어보았는가. 족발집 광고가 아니다. 본 것, 들은 것, 냄새, 맛, 촉각까지 하루를 보내며 겪은 모든 오감을 흘려보내지 말고 글쓰기와 연결해 보는 거다. 오늘을 살아가며 겪었던 모든 일을 의식적으로 캐치하려는 노력이다. 다시 말해 온몸의 감각이 '쓰는 행위' 쪽으로 쏠려 있는 느낌이랄까.

오감이 준비되었다면 인풋이 수월해진다. 인풋은 크게 두 가지로 나뉜다. '나의 인풋'과 '남의 인풋'이다. 남의 인풋? 눈치 빠른 사람이라면 짐작했을 테다. 책이다.

아웃풋을 위한 독서는 쓰기를 위해 타인의 인풋을 내 머릿속에 집어넣는 행위다. 우리는 남의 인풋을 가지고 새로운 생각을 창조한다. 이것은 비단 새로운 글쓰기 소재를 가져오는 데 그치지 않는다. 책 속 공감 가는 구절을 가져와 해체하고 재구성해 보라. 글력은 물론 문장력 향상에 최고다.

오히려 '나의 인풋'에 어려운 요소가 더 많다. 삶이 버라이어티하지 않기 때문이다. 우리는 어른이 되며 삶의 틀을 정하고 거기에 맞춰 살아간다. 어제와 비슷한 오늘, 오늘과 비슷한 내일을 보낸다. 그러니 새로운 글감 찾기가 쉽지 않다. 작가들이 산책하는 이유도 천천히 걸으며 주위를 둘러보고 생각을 정리하는 행위가 쓰기에 도움이 되기 때문이다. 나 역시 시간이 허락하는 한 많이 걸으려고 노력한다. 점심엔 걷고 저녁엔 달린다. 글감이 안 나온다면 최대한 많이 집어넣어 보겠다, 라는 억지 심보다. (하지만 의외로 도움이 컸다는 사실!)

여기에 하나의 팁을 추가하자면, 매일 같은 코스보다는 가끔 새로운 곳으로 나가 보는 거다. 평소에 접할 수 없었던 익숙하지 않은 풍경과 장면들은 새로운 자극이 된다. 이것저것 열심히 집어넣다 보면 분명 두 눈에 괜찮은 글감이 뿅 하고 나타날 것이다.

루틴의 중요성 :

글을 쓸 짬이 안 나요

'애니타임-애니웨어' 중 시간에 관한 이야기를 조금 더 해보자. 글쓰기는 시간 싸움이다. 전공, 경력, 필력, 기타 능력과 상관없이 누구에게나 물리적인 시간이 필요하기에 자신의 상황에 맞추어 시간을 확보해야 한다.

전업 작가가 아닌 이상 해오던 가락(?)이 있기에 다른 시간에서 빼야 한다. 그래서인지 주위를 둘러보면 새벽에 일찍 일어나 글을 쓰는 분들이 많다. 어떤 작가님은 새벽 4시부터 글을 쓴다고 한다. 그래서 나도 여러 번 시도해 봤다, 미라클 모닝.

일어나기 힘든 건 둘째치고, 가까스로 일어났어도 비몽사몽인 상태가 지속됐고, 한 시간이 지나도 정신줄이 돌아오지 않았다. 나에게는 '미라클'이 아니라 '미저리' 모닝이었던 셈이다.

'젠장, 아침은 안 될 것 같아. 그러면 글은 언제 쓰지? 점심시간을 활용해 볼까?'

나의 글쓰기 루틴인 '점심 밥굶글'은 이렇게 시작되었다. 밥을 왜 안 먹느냐는 동료들의 핀잔에 1일 1식, 다이어트, 몸매

관리 등의 거창한 사유로 응수했다. 사람들은 식당으로, 나는 카페로. 한 시간 남짓인 점심시간은 나에게는 굉장히 어메이징한 시간이 된다. 오케이, 지금부터 시작이다.

오늘 목표는 짧은 글 한 꼭지다. 어제 아파트 야시장에서 국화빵을 보며 아버지를 생각했던 것을 써야겠다. 머릿속에 떠오르는 장면을 사정없이 적어 내려간다. 내용이 좀 이상해도, 문맥이 안 맞는 기분이 들어도 개의치 않는다. 쓰면서 퇴고까지 하기엔 시간이 부족하다. 조금 있으면 다시 회사로 들어가야 하니까.

나는 이것을 '타임 어택 글쓰기' 혹은 '리미티드 글쓰기'라 부른다. 제한 시간 내에 목표 분량을 채우려면 다른 생각이 끼어들 틈이 없다. 글과 관련된 생각만이 머릿속을 채운다. 한 글자 한 글자 타이핑하며 초집중을 이어간다. 한 줄, 한 문단, 아주 거칠고 모난 글, 날 것 그대로의 초고가 가까스로 완성된다. 퇴고는 필요 없다. 어차피 지금 못 하니 다음 기회로 미룬다. 메모장에 적힌 글을 쓱 읽고 노트북 뚜껑을 덮는다. 그러고는 부지런히 회사로 발걸음을 옮긴다.

어느 작가가 그랬다. 글쓰기에 가장 좋은 장소는 카페도 사찰도 아닌 '마감'이라는 시간의 감옥이란다. 나는 매일 점심마다 스스로 만든 감옥으로 걸어 들어간다. 이것이 나의 루틴이다.

매일 같은 시간에, 같은 장소에서 끝을 정해 놓고 쓰는 글쓰기. 루틴은 글을 쓰려는 자가 실제 글을 쓰도록 하는 가장 효과적인 시스템이다. 컨베이어 벨트에 앉은 것처럼 루틴을 만들어 놓으면 쓰기 싫어도 초인적인 힘을 발휘하게 된다. 마법의 아이템이 따로 없다. 방법은 간단하다. 글 한 꼭지, A4 한 장과 같이 목표를 정하고 제한된 시간에 끝내는 거다. 물론 매번 성공하진 못했다. 몇 줄도 못 쓰고 포기한 날도 많았으니까. 그래도 이 시간이 되면 나의 전두엽은 '이제 글을 쓰자' 상태로 전환된다. 이것이 루틴이다.

세상에. 밥을 거르고 글을 쓴다는 게 이상해 보일 수도 있겠지만, 매번 굶지는 않으니 걱정하지 마시라. 나는 '밥굶글'을 권하는 게 아니다. 글을 쓸 수 있는 특정 상황(시간+공간)을 만들어 놓으면, 글쓰기가 훨씬 수월해질 거라는 뜻이다.

아울러 나의 루틴 '타임 어택 글쓰기'는 도통 진도가 나가지 않는 분이라면 한 번쯤 시도해 봄 직하다. 글이 부끄러워도 신경 쓰지 말지어다. 이것도 적응되면 언젠가는 엄청난 속도로 글을 쏟아내는 자신을 발견하게 될지니. 이제부터 타임 어택 시작한다. 출발!

* 이 글의 초고도 '밥굶글'과 '타임 어택 글쓰기'로 작성되었음을 밝힙니다.

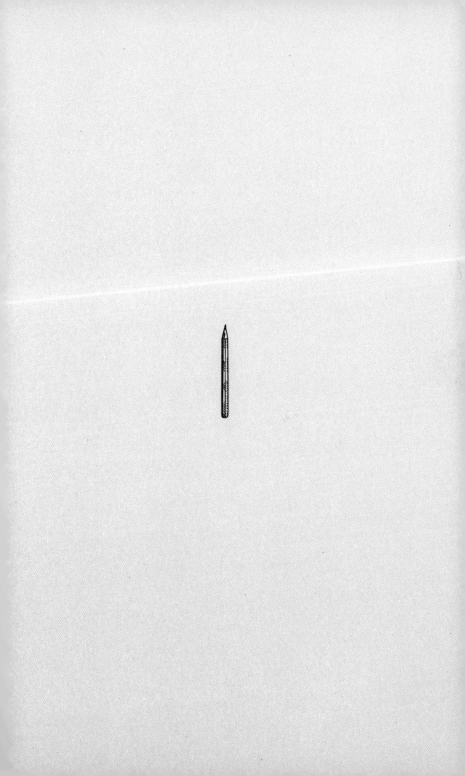

2
장

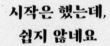

**시작은 했는데,
쉽지 않네요**

시스템에 나를 집어넣어라

올해 중학생이 된 조카 녀석이 내일 놀이공원에 간다고 온종일 들떠 있다. 이거 타야지, 저거 타야지, 하며 계획 짜는 모습을 보며 생각했다. 내일 토요일이야. 세 개 타면 많이 타는 거야. 힘내.

20대 때, 여자친구와 놀이공원에 간 적이 있다. 나는 겁이 많다. 아니다. 좋게 말해 안전의식이 강하다고 할까. 하여간 이런 안전 제일주의 덕에 바이킹은 물론이고 청룡열차 기타 롤러코스터를 타는 것도 별로 안 좋아한다. 겁나 위험하잖아! 하지만 그날은 타야만 했다. 그것도 수직으로 뚝 떨어진다는 티익스프레스를.

올라타기 싫은 열차에 억지로 몸을 구겨 넣었다. 장치가 어깨를 짓누를 때까지 열두 번 고민했다. 개미의 목소리로 '아저씨 저 좀 내려주세요'를 외쳤지만, 열차는 그대로 출발했다. 철컹철컹 소리와 함께 언덕을 오른다. 심장이 뛰기 시작했다. 저위에 꼭대기가 보인다. 곧 떨어지겠지. 젠장. 왜 이렇게 높냐. 다리가 후들거린다.

정상에서 멈춰 선 열차가 겁쟁이 탑승객을 놀리더니 이내 떨어진다. 몸이 수직으로 곤두박질친다. 그때부터 소리를 지르느라 기억이 없다. 정신을 차리고 보니 열차는 운행을 마치고 멈춰 있었다.

놀이공원 체험기를 구구절절 써 놓은 이유는 내 의지와는 상관없이 달리는 열차에 올라타는 것처럼 글쓰기를 지속하려면 '시스템의 힘'이 필요하다는 사실을 깨달았기 때문이다. (아니, 얘기가 이렇게 진행된다고?)

나는 애초에 의지박약형 인간이다. 지금까지 의지로 하는 것들은 죄다 실패했다. 아침형 인간이 되고자 숱하게 도전했지만 한 달을 넘긴 적이 없다. 눈앞의 달콤함에 무너지는 속수무책 전문가라고 해도 과언이 아니다. 이런 내가 글을 쓴다. 그것도 매일. 어떻게?

나는 나를 안다. 의지만으로는 실패할 것이 뻔하므로 여러 종류의 '시스템'에 나를 집어넣기로 했다. 글쓰기의 시스템은 '함께 쓰기'다. 각종 모임에서 주관하는 정기 글쓰기에 참여했고, 100일 글쓰기에도 도전했다. 글을 써 단톡방에 공유하고, 카페에 올리고, 인증을 하는 것도 그런 맥락이다. 공부 안 하는 자식을 기숙학교에 집어넣는 부모의 마음이랄까.

하지 않을 수 없는 상황을 만들면 몸은 거기에 맞춰 움직이게 되어 있다. 완벽하지 않아도 괜찮다. 설렁설렁하더라도 시스템이 없었던 때보다 훨씬 좋은 결과나 나올 테니까. 일례로 나는 '100일 글쓰기 프로젝트'에 두 번 도전했다. 예상하셨다시피 두 번 모두 완주에는 실패했다. 하지만 그때 썼던 글이 그대로 남아 있다. 출간된 책들의 원고를 포함해서.

'행동할 수밖에 없는 시스템을 갖추는 것.'

이것은 '목표 설정과 실행'을 위한 가장 효율적인 방법이다. 글을 쓰겠다고 마음먹었다면, 자신을 쓰지 않고는 못 배길 상황으로 몰아넣어 보자. 같은 열차에 올라타 함께 달리다 보면 가기 싫어도 가긴 간다. 도착 지점에서 출발선을 돌아보면 분명 달라져 있을 것이다.

루틴을 만들었다면 이제 시스템에 나를 집어넣을 차례다. 환경을 만들면 선택은 단순해진다. 결국, 하면 된다. 그렇게 믿고 싶다.

어느 길이든 지름길은 없다

4월 1일. 하늘도 만우절을 즐기나 보다. 거짓말처럼 파란 하늘에 취해 서울 거리를 방황하고 있다. 이렇게 좋은 날 정처 없이 떠돌아다니면 좋으련만, 조금만 걷다가 회사로 돌아가야 한다. 시퍼런 하늘과 솜털 같은 구름을 한 번 더 쳐다보고 지하철에 몸을 싣는다.

지하철 안. 오늘은 전자책도 안 당긴다. 스마트폰을 만지작거리다 인스타그램 릴스(짧은 영상) 삼매경에 빠져 본다. 이것도 무슨 알고리즘이 있는지, 내가 좋아하는 분야의 영상들이 자주 소개되는 듯하다. 시큰둥하게 스크롤을 올리던 중, 어느 영상에서 손가락을 멈췄다.

이런 프로그램이 있었나? 유튜브 <딩고>라고 소개된 화면에는 호프집 아르바이트 청년이 등장한다. 어묵탕 말고 오뎅탕을 가져오라는 손님(진상 1), 술맛이 비리다는 손님(진상 2), 지가 엎질러 놓고 맥주잔에 술이 남아 있었다며 공짜로 다시달라는 손님(진상 3)……. 보기만 해도 힘든 그의 일상에 갑자기 배우 유지태가 등장한다.

'범준'이라는 이름의 아르바이트 청년은 배우가 되는 꿈을 꾸고 있었다. 아마도 이 프로그램은 힘든 상황에서도 희망을 잃지 않고 달려가는 이들을 조명하고, 그들에게 더 큰 용기를 주기 위해 기획되었을 테다. 주인공 범준은 평소 존경해 마지 않던 유지태와 맥주를 마시며 연기와 꿈에 관한 이야기를 나눈다.

영상을 보는 내내 입가에 미소가 지워지지 않았다. 짧은 시간이었지만 엄청나게 몰입했나 보다. 인생의 선배로서 또 그 분야에서 성공한 사람으로서 건네는 진심 어린 조언이 참 듣기 좋았다. 유지태 배우는 전혀 꼰대스럽지 않게 자신의 마음을 담아 범준을 응원했다.

그중 유독 가슴을 후벼 팠던 장면이 있었다. 얼굴이 발그레한 유지태 배우가 범준에게 건넨 말이었다.

"그거 아니? (힘들었을 때) 나는 이 길이 내 길이 아닐 수도 있겠다고 생각했어. 그런데 범준아. 어떤 길이든 지름길은 없어. 대사가 말처럼 되는 과정을 스스로 깨우쳐야 해. 굉장히 힘들 수도 있어. 자기가 감당해야 할 몫이지. 배우로서."

아, 어떤 길이든 지름길은 없다는 그의 말이 왜 이렇게 뭉클하게 들리는 걸까. 감수성 충만해진 나의 눈이 또 분수를 쏟아내려고 한다. 잠깐. 야, 인마. 여기 지하철이야. 울면 안 된다고.

유지태 배우의 말이 백 번 천 번 맞다. 인생에 지름길은 없다. 초보로 시작해 일정 수준에 도달하는 데 필요한 건 꾸준한 노력뿐이다. 스스로 깨우쳐야 한다. 빨리 가고 싶어도, 옆에서 압박해도, 본인이 깨닫지 못하면 아무 소용이 없다. 결국, 천천히 한 발짝씩 앞으로 가야 한다. 이것은 지금 내가 하는…… 글쓰기에도 똑같이 적용된다.

글을 쓰고 싶다면 처음부터 잘 쓰려고 하는 마음을 고이 접어 두어야 한다. 꾸준히 써 보는 방법뿐이다. 아무리 찾아도 지름길은 없다. 내가 쓴 글이 일기인지 에세이인지 쓰레기인지 분간이 잘 가지 않더라도, 일단 쓰기 시작하자. 그리고 반복하자. 엉덩이의 힘은 절대 배신하지 않을 테니까.

심금을 울린 한마디 덕분에 나는 오늘부터 유지태 배우의 팬이 되기로 했다. 찾아 보니 나보다 나이가 네 살이나 많네? 그럼 형이지 형! 지태 형! 글쓰기 실력이 늘지 않는다고 실망하지 말자. 어차피 지름길은 없으니까. 너무 느려서 잘 안 보이는 것뿐이다. 조금이나마 어제보다 오늘 더, 오늘보다 내일 더 성장한 사람이면 족하다.

PS

영상에 나온 범준은 연기자의 꿈을 키우다 2020년 JTBC 드라마 <알고 있지만>으로 데뷔했다. 가요 프로그램 MC, 주말드

라마에도 캐스팅되어 대세 배우로 성장하고 있다고 한다. 영상에서 유지태 배우와 했던 다짐, 10년 후 현장에서 만나자던 그들의 약속이 현실로 이루어지길 바란다. 지태 형 그리고 동생 범준이(내 맘이다) 둘 다 화이팅!

첫 문장 쓰기 어렵다는 거짓말

글쓰기 책에 자주 등장하는 얘기가 또 있다. 첫 문장을 어떻게 써야 하는가. 그래. 첫 문장 쓰는 것, 무척 어려웠다. 자칭 네이밍의 달인답게 이름 하나 만들어 봤다. '첫문장어쩔병'은 쓰고자 하는 이라면 반드시 겪어야만 할 만국 공통의 증상이다.

어떤 문장으로 시작할까. 또다시 지랄 총량의 법칙을 가져와 보자. 첫 문장을 근사하게 쓰려고 온갖 정신머리를 갖다 붙이면, 거기에 빼앗긴 에너지 때문에 다음 문장을 이어갈 힘이 없어진다. '첫문장어쩔병'을 치유하기 위해 우리가 해야 할 일은 예상외로 간단하다.

힘 빼고 쓰기다.

여기저기서 아우성이 들린다. 힘 빼라는 얘기는 귀에 피가 날 정도로 들었다고. 워워. 알겠다. 우리가 알고 싶은 건 힘을 뺀 문장이 어떤 것이냐일 테니까. 거두절미하고, 첫문장어쩔병을 극복하기 위해 내가 자주 사용하는 방법을 소개해 보겠다.

1 무조건 짧게 쓴다.

눈을 떴다. 방바닥에 이불도 없이 엎어져 있는 내 모습. 지끈거리는 머리를 부여잡고 일어났다. 셔츠와 바지, 양말이 방바닥 위를 나뒹굴고 있다. (《마흔에는 잘될 거예요》)

– 술에 떡이 되어 온종일 숙취에 시달리던, 한심한 자신을 반성하기 위해 일어난 후의 내 모습을 묘시하는 것으로 시작했다.

2 대화나 인용구를 언급한다.

"아빠, 아이스크림 사러 가자."

아들래미는 요즘 1일 1 아이스크림을 실천 중이다. 밥 먹고 빵 먹고 아이스크림까지 먹고 살이 팍팍 찌면 좋으련만, 뼈땅구만 있는 가녀린 팔을 보니 밥은 대충 먹는갑다. (《버티고 있어도 당신은 슈퍼스타》)

– 아들 녀석과 무인 아이스크림 판매점에 갔다가 거꾸로 수박바를 발견하고 희소성의 진정한 의미를 발견하는 내용. 아빠를 부르는 아이의 말로 글을 시작했다.

3 배경(시간, 날씨, 장소 등)을 쓴다.

①덥다. 제대로 여름이다. 길어진 장마 덕에 날이 습하지만 그나마 올해는 작년보다 덜 더운 것 같다. 확신하는 이유는 작

년 이맘때 떠났던 폭염 캠핑의 기억이 분명하게 떠오르기 때문이다. (《맨땅에 캠핑》)
– 폭염 캠핑의 실체를 알리기 위해 한증막을 뚫고 캠핑을 강행했던 경험을 적었다. 날씨가 덥다는 지극히 평범한 문장이다.

②우리 동네엔 미용실이 많다. 같은 건물에도 몇 군데씩 있다. 준오, 이철, 이가자 등 유명 브랜드부터 블루클럽, 나이스가이처럼 저렴하게 커트할 수 있는 곳도, 개인이 운영해 이름도 기억 못 할 동네 미용실도 수두룩하다. (《버티고 있어도 당신은 슈퍼스타》)
– 이름 없는 미용실에서 장인(마에스타)을 만나 만족스러운 커트를 하고 직업의 의미를 되새겨 보았다. 장소 설명으로 글을 적어 내려갔다.

혹시 공통점을 발견했는가. 일단 첫 문장이 짧다. 단 두 글자로 시작한 꼭지도 있다. 성의 없는 게 아니라 격렬하게 힘을 뺐다는 얘기다. 첫 문장에 힘을 쓰지 않으니 다음 문장을 쭉쭉 이어갈 여력이 생긴다. 그때부터 탄력받고 이야기를 풀어나가면 된다.
두 번째 공통점은 별것 아닌 얘기라는 거다. 특별함이라고는 일도 없다. 초반부터 거창하고 중요하고 영광스러운 이야기가 등장하면 자동으로 다음 문장에 부담이 간다. 김연아 선수 다음에 연기를 펼쳐야 하는 무명 선수의 심정이랄까. 간신히 첫 문장을 썼더라도 글이 마무리되지 않을 확률이 높다. 평범하고 건조한 문장으로 시작해도 된다. 아니, 그게 오히려 더 좋다.

첫 문장을 쓰기 어렵다는 건 거짓말이다. 다소 도발적인 제목이지만 첫 문장 쓰기가 어렵지 않은 이유는 단순 명쾌하다. 어렵지 않은 문장으로 쓰기 때문이다. 말장난이 아니다. 힘을 뺀다는 것은 이런 것이다. 첫 문장이 쉬우면 다음 문장도 쉬워진다. 읽기 쉬운 글은 독자에게도 부담스럽지 않다.

한 달 동안 매일 글을 썼더니 생긴 일

다시 말하지만 나는 의지박약의 표본형 인간이다. 미라클 모닝을 해보겠다며 새벽 4시 반에 수십 개의 알람을 맞춰 놓고 죄다 꺼버린 사람도, 몰디브로 여행 간 복근을 되찾겠다고 윗몸일으키기를 시작했다가 하루 반나절 만에 포기한 사람도 바로 나다. 그랬던 내가 100일 동안 글을 쓰는 모임에 참여했는데, 그날 이후로 믿지 못할 퀴즈 탐험 신비의 세계가 펼쳐지고 있다.

토요일 새벽 집 근처 무인 카페. 오늘이 벌써 33일 차. 그러고 보니 삼 분의 일이 되는 날이다. 시작한 게 엊그제 같은데 벌써 한 달이라니. 중간에 원고 교정 보느라 며칠 쉬었던 것 말고는 하루도 안 빠지고 브런치에 한 꼭지씩 글을 올렸다. 여기까지 잘 달려온 나에게 일단 박수를. (짝짝짝, 고생했다.)

글쓰기 모임을 시작하고 어떤 글을 써야 할지 도무지 갈피를 잡을 수 없었지만, 나에겐 그것보다 계속 '쓴다'는 사실이 중요했다. 닥치는 대로, 눈에 보이는 대로, 생각이 떠오르는 대로 글을 써 내려갔다. 뭘 써야 할지 몰라서 아무거나 썼다.

이게 글인지 글자인지 모르겠다. 그렇게 한 달을 보냈다. 괜찮다. 나는 지금 '책'이 아니라 '글'을 쓰고 있으니까.

한 달을 돌아보며 생각하니 근육이 좀 붙었다. 몸 근육 말고 글쓰기 근육이다. 예전에는 글감이 탁, 하고 떠오를 때만 글을 썼다. 뒤집어 말하면 써야 할 게 없으면 글을 쓰지 못했다는 말이다. 특히 첫 책을 출간하고 난 후 꽤 오랫동안 슬럼프에 시달렸다. 거의 서너 달 동안 아무것도 쓰지 못했다.

하지만 지금은 다르다. 무조건 하루에 한 꼭지를 완성해야 하는 시스템에 나를 집어넣었으니, 뭐가 됐든 써야 한다. 근데 오늘은 뭘 쓰지? 일단 노트북을 켜고 책상에 앉는다. 머릿속에 둥둥 떠다니는 생각을 그대로 글자로 표현해 본다. 마치 브레인스토밍하듯 떠오르는 단어를 노트북에 적는다.

> 출근하기 싫다.
>
> 주말에 캠핑 가야지.
>
> 갑자기 똥이 마렵다.
>
> 아들내미 병원 예약일이 언제였더라?
>
> 어제 읽었던 책에서 장자 형님이 뭐라 뭐라 했는데.

정신없이 자판을 두드리다 보면 생각지도 못한 신기한 일이 벌어진다.

흰색 배경에 질러 놓은 생각이 언제부터 친해지기 시작했는지 자기들끼리 손을 잡고 패거리를 만들어낸다. 전혀 상관없을 것 같은 녀석들이 어떤 연결고리를 통해 하나의 주제가 된다. 아이와 똥이 만나 '뒤처리'가 되고, 스스로 똥을 닦기 시작한 아이의 모습은 '마무리의 중요성'에 관한 생각으로 이어진다. 이런 식으로 한 꼭지를 풀어 본다. (말도 안 되는 얘기가 나오는 게 문제지만.)

무에서 유를 창조하는 이 작업이 여전히 고통스럽지만, 분명한 사실은 한 달 전에 비해 덜 힘들어졌다는 거다. 어찌 되었든 멈추지 않고 써 내려갈 수 있는 마음의 근력이 자라고 있으니까. 앞으로 두 달 남짓한 시간을 지금까지 달려 온 것처럼 보낼 수 있다면, 또 어떤 결과가 나를 기다릴지 궁금하고 기대된다.

삼 분의 일까지 왔다. 두 번만 더 해보자. 글쓰기 근육에도 임금 왕(王) 자를 새기게 되길.

PS

이렇게 큰소리 뻥뻥 치던 작가 양반은 100일 레이스를 완주하지 못했다는 비화가 전해진다. 그런데도 작가는 낯 두꺼운 줄도 모르고 외친다. 글쓰기는 궁둥이 힘입니다, 여러분!

한 줄 요약의 힘 :

내가 뭘 쓰려고 했었지?

어디서부터 글쓰기를 시작해야 할지 모를 때, 일단 써 보라고 말씀드렸다. 막시즘 말고 막쓰즘이라는 신조어까지 만들어가며 '닥치고 쓰기'가 중요함을 역설(?)했다. 문제는 막 쓰랬다고 진짜 막 쓰다 보면 글이 도봉산 꼭대기로 올라갈 가능성이 높아진다는 점이다. 어라? 내가 원래 쓰려고 했던 말이 이게 아닌데, 오려고 했던 곳이 여기가 아닌데, 길을 잘못 들었다. 본의 아니게 아무 말 대잔치를 벌이고 있는 자신을 발견하게 될 수도 있다. (나도 많이 그랬다. 흐엉!)

이런 참담한 상황에서 나를 꺼내줄 구원 투수가 등판한다. 자꾸만 주제를 걸돌고 곁다리로 빠져 버리는 글을 단단하게 잡아주는 그의 이름은 다름 아닌 '하나의 문장'이다. 글을 쓰기 전에, 혹은 글을 쓰는 중간에, 아니면 다 쓰고 나서라도 오늘의 꼭지를 한 문장으로 요약해 적어 보는 거다. 이것은 주제 문장인 동시에 글을 통해 내가 진짜 하고 싶은 말이다.

문장 하나가 글쓰기를 잡아준다. 아무 말이나 털어내며 잔칫

집 풍악을 울리려는 순간 이건 아니야, 하며 손가락을 말려주고(혹은 백스페이스를 누르게 하고), 다음 이야기를 어떻게 전개할까 고민할 때 방향을 잃지 않게 해줄 것이다. 이 정도면 주제 문장은 글쓰기의 나침반, 이정표, 지도, 동아줄, 폴리스 라인, 등대, 내비게이션 등으로 불러도 과언이 아니다.

쓰고 나서도 마찬가지. '한 줄 요약'을 통해 내가 쓴 글이 하나의 메시지를 담고 있는가 되돌아본다. 퇴고를 통해 삐져나온 가지를 치고 단단한 줄기를 입힐 수 있는 것도 문장 하나에 숨겨진 슈퍼파워 덕분이다. 곧게 뻗는 글이 읽기 쉽다는 사실은 보너스.

한 줄 요약은 결국 작가의 생각을 압축하는 것이다. 원고 한 꼭지를 하나의 문장으로 표현하듯 하나의 챕터, 나아가 한 권의 책도 한 줄로 강력하게 설명할 수 있어야 한다. 주제가 있는 글이 엮여 명쾌한 책이 될 테니까.

오늘 쓴 글이 아무 말 대잔치처럼 느껴진다면, 하나의 문장으로 요약해 보자. 나 또한 글의 주제에 맞춰 한 줄 요약 들어간다.

한 줄 요약: 오늘의 글을 한 줄로 요약하자.

일기와 에세이의 한 끗 차이

아래는 여느 작법서에 자주 등장하는 주제이기도 하다. 도대체……

일기와 에세이의 차이는 무엇인가?

……라는 질문이다. 뻔하지만 결론부터 말하자면, 둘을 가르는 기준으로 자주 언급되는 키워드가 바로 '공감'과 '메시지'다……라고 많은 책과 강연이 설명해준다.

딩동댕. 너무너무 정답이라 이의를 제기할 수가 없다. 다만 이것으로도 풀리지 않는 미스터리가 남아 있다. 0.125% 부족하다고 해야 할까. 실제로 일기와 에세이의 경계는 꽤 모호하다. 사실 라이트라이팅이라고 써 놓은 많은 글도 나의 일상 이야기가 아닌가. 어떻게 보면 일기고, 어떻게 보면 에세이다.

한 끗 차이.

이 말이 딱이다. 그렇다면 그 '한 끗'은 무엇일까. 내가 쓰는 이 정체불명의 글이 에세이라면, 일기와 에세이의 종이 한 장 차이는 다름 아닌 '글의 목적'이다.

에세이는 다른 사람을 위한 글이다. 물론 일기와 마찬가지로 나를 위한 글이기도 하지만, '이 글을 누군가 읽어줬으면 좋겠다'라는 마음이 있었느냐가 중요한 차이다.

그래서 나는 글을 쓸 때 꼭 가상의 독자를 생각한다. 머릿속에 가상 인물을 한 명 만들어 놓고 그가 이 글을 읽기를 바라는 마음으로 쓴다. 친구든 가족이든 아니면 동네 아저씨든 그 사람에게 이야기를 들려준다고 상상하는 것이다. '저기요, 제가요, 오늘 이러이러한 일이 있었는데요. 어때요? 재밌죠?' 하여간 이런 마음으로 글을 써 본다면, 일기와는 조금 다른 결을 가진 글이 나온다는 사실을 깨닫게 될 것이다.

**3
장**

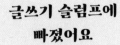

**글쓰기 슬럼프에
빠졌어요**

우울한데 밝은 글을 어떻게 써요?

나는 어둠을 품은 밝음이다.

– 구본형,《나는 이렇게 될 것이다》중에서

구본형 선생은 '자기 경영의 스승'으로 불린다. 그가 남긴 여러 권의 책을 통해 나 역시 그의 제자가 되었다. 선생의 말씀에는 주옥같은 통찰이 차고 넘치지만, 그중에서 가장 감명 깊었던 이야기를 소개한다.

어떤 강연에서 교수가 하얀색 칠판에 검은 점 하나를 그렸다. 그러고는 청중에게 물었다. 무엇이 보이냐고. 사람들은 이구동성으로 점이라고 답했다. 하지만 교수는 고개를 저었다. 여러분이 봐야 할 것은 하얀색 바탕이다. 점 하나가 찍혀도 본질은 변하지 않는다. 선생은 이를 토대로 우리가 모두 '어둠을 품은 밝음'이었음을 알려준다.

글쓰기 모임을 운영하며 같은 질문을 여러 번 들은 적이 있다. '라이트라이팅'이면 밝은 글만 써야 하는 거 아니냐고. 지금 내 속은 힘들고 괴롭고 우울하고 슬픈 것들로 가득 차 있는데,

'어떻게 따뜻하고 밝은 글만 쓸 수 있겠느냐'라는 물음이다.

결론부터 얘기하자면, 그럼에도 불구하고 'yes'다. 힘듦과 괴로움과 우울과 슬픔 또한 당연하게도 라이트라이팅의 소재가 되기에 부족함이 없다. 오히려 굉장히 좋은 글감이라고 생각한다.

선생의 말씀대로 우리는 모두 어둠을 품은 밝음이다. 삶은 언제나 내 마음대로 흘러가지 않는다. 항상 즐거울 수는 없다. 당연하게도 인생의 한 부분에 부정적인 감정을 쌓으며 살아갈 수밖에. 하지만 어둠을 쌓는 것과 바라보는 것은 분명히 구별되어야 한다.

라이트라이팅은 '어둠'을 바라보는 시각이 미래지향적임을 의미한다. 나쁜 일이 생기더라도, 거기에 빠져 허우적거리기보다는 한 발짝 물러서 객관적으로 바라보려는 노력이다. 괴로움으로 끝나지 않고, '이제 어떻게 살아야 하는가?'라는 질문을 던지는 것이 라이트라이팅의 핵심이다.

부정적인 이야기를 글로 풀어낼 때 쓰기의 마법은 더 큰 힘을 발휘한다. 속에서 부글부글 끓어오르던 덩어리를 꺼내 활자로 옮기는 순간, 뜨겁게 달궈져 여기저기 생채기를 내던 마음이 서서히 식어 간다. 부정적인 감정에 휩쓸리지 않을 힘을 비로소 얻게 되는 셈이다. 이제 '다음'을 생각할 수 있다. 부정 negative이 긍정 positive이 되는, 빛나는 순간이다.

항상 행복할 수 없다.

하지만 행복해지기 위해 노력할 수는 있다.

행복을 찾으려면 시간과 노력을 투입해야 한다. 라이트라이팅은 효과적인 툴이다. 어둠을 밝음으로 바꾸는 연습을 반복한다면, 결국 '시커먼 어둠'도 '밝음 속에 있는 어둠'으로 보일 것이다. 그러면 게임 끝이다. 우리 모두 어둠을 품은 밝음이니까 가능한 일이다.

글럼프 뽀개기 제1탄

롱 타임 노 글. 진짜 오랜만이다. 브런치에 헌 글(옛날에 썼던 글을 리모델링해서 올리는 것을 말한다) 말고 새 글을 올린 지 벌써 한 달이 되어간다. 그동안 바쁘기도 했지만, 최근 며칠은 기필코 쉬어야겠다는 마음으로 격렬하게 아무것도 하지 않았다. 이렇게 널브러져 있어도 되나 싶을 정도로 여유를 부렸고, 한없이 굼떴으며 늘 배가 불러 있었다.

15년 직장 생활 중에서 가장 분주하게 한 달을 보냈다. 결과 야 어떻든, 그래도 프로젝트가 끝났다는 마음이 더 크다. 지옥 문을 건너왔다고 너스레를 떨 수 있는 이유는 험한 시간을 잘 버텨냈기 때문이리라. 인고의 시간이 끝나고 조금씩 일상을 되찾고 있다. 그간 바쁘다는 핑계로 미뤄두었던 일들을 꺼내 하나씩 다시 시작하는 중이다.

그중에서 내 마음과 다르게 당최 돌아오지 않는 게 있으니, 바로 '글쓰기'다. 물론 한 달 내내 글과 담을 쌓고 지내지는 않 았다. 찍어 놓은 사진을 활용해 짧은 포토에세이를 두어 개 썼 고, 그동안의 원고를 모아 브런치북을 만들어 보기도 했다.

그건 그거고.

와, 그런데 새 글을 못 쓰겠다. 아니, 무슨 글을 써야 할지 모르겠다. 원래부터 주제를 정해 놓고 글을 쓰는 스타일은 아니지만, 이번처럼 글쓰기 자체에 두려움이 생긴 건 처음이다. 즐겁게만 쓰자고 다짐했건만, 혼자 즐겁다고 막 쓰는 게 맞나 싶었다. 걱정이 앞서니 즐거움도 줄어든다. 내가 뭐라고. 별 볼 일 없는 사람 사는 얘기가 뭐라고. 부정의 꼬리에 또 다른 부정이 달라붙어 머릿속을 복잡하게 만든다. 이제 무엇을 써야 할까.

'글럼프 뽀개기'라는 꼭지의 제목에도 불구하고, 나는 아직 마땅한 대처방안을 떠올리지 못했다. 글이 안 써질 때는, 무엇을 써야 할지 모르겠을 때는, 도대체 어떻게 해야 하는가? 이 슬픈 글럼프의 삶에서 벗어날 방법은 무엇인가?

그러는 사이 벌써 다섯 단락이나 썼다는 사실에 주목해 보자. 오랜만에 쓰는 새 글임에도 썼다 지웠다를 반복하며 신나게 분량을 채워내고 있는 내가 기특하다. 하나의 문장을 쓰기 위해 온갖 기억과 생각, 그리고 거기에 얽힌 단어와 숙어와 기타 언어 영역 구성원들을 끄집어내려고 용을 쓴다. 고통은 아닌데 고통스럽다. 적당히 불쾌하지만 글밥이 쌓일수록 만족스러워지는 이 아이러니한 감정. 이거 뭐야. 진짜 오랜만이네.

말로 표현하기도 부끄러운 감정 앞에 '글쓰기'를 대하는 마음이 다시금 정리되고 있다. 두렵지만 그 어떤 것보다 만족스러운 감정. 새 것을 써야 한다는 부담감 앞에서 어떻게든 한 꼭지를 완성하고 나서야 비로소 얻게 되는 행복. 아…… 어쩌면 나는 이런 느낌이 좋아서 계속 써 왔구나. 몇 년 동안 글쓰기의 언덕을 오르내리며 겪었던 수많은 감정이 일사불란하게 2열 종대로 헤쳐모인다.

글쓰기는 산을 오르는 것과 같다. 오르기 전에는 귀찮고 힘들고 하기 싫지만, 막상 올라가면 알게 된다. 내가 왜 산에 올라왔는지. 올라가는 길 중간에 다리가 아프고 땀이 흐르고 그냥 뒤돌아 내려오고 싶지만, 막상 올라가면 말하게 된다. 올라오길 잘했다고. 글쓰기는 힘들지만 힘들지 않다. 귀찮지만 귀찮지 않다. 아프지만 아프지 않다. 그리고,

글쓰기는 언제나 해피엔딩이다.

한 달 만에 새 글을 적어내며 글을 쓰는 이유를 어렴풋이나마 배워 간다. 아직은 뿌연 풍경이지만, 나는 복잡다단한 쓰기의 감정을 겪으며 조금씩 성장하고 있다. 글럼프를 뽀갤 수 있는 방법은 글쓰기가 원래부터 쉽지 않음을 인정하고 정정당당하게 부딪혀 조금은 고통스럽더라도 곧 다가올 행복과 만족의

감각을 기다리며 한 글자 한 글자 채워가는 방법이다. 어렵게 주저리주저리 써 놓았지만, 쉽게 말하면 이렇다. 간만에 한 줄 요약 들어간다.

글럼프를 뽀개는 방법 : 걍 쓰자.

글럼프 뽀개기 제2탄

피곤하다. 하기 싫다. 미치겠다. 무엇을 써야 할지도 모른 채 가만히 빈 화면만 바라보고 있다. 껌뻑거리는 커서가 '이 사람아, 뭐라도 좀 끄적여 봐'라고 말을 건넨다. 몸 안에 에너지가 한 줌도 없는 것만 같다. 이봐요, 대체 왜 이러는 겁니까. 엉? 엉?

이번 주는 특히 바빴다. 중요한 일정이 잡혀 있어 온종일 거기에 매달렸다. 그 와중에 신간이 출간되었다. 홍보에도 열을 올려야 하는데, 시간이 없다 시간이. 결국 밤에 홍보 콘텐츠를 만들고, 점심밥을 거르고 카페로 달려가 또 만들고, 저녁에 짬이 나면 올리고. 며칠을 이렇게 살았더니 번아웃이 제대로 찾아왔나 보다. 하여간 오늘은 무엇을 써야 하나요?

"작가님, 새 글이 안 써질 때는 뭐 하세요?"

최근에 몇 번 이런 질문을 받았다. 그때마다 나는 한결같이 이렇게 답한다.

"새 글이 안 써지면, 딱 한 줄 써 놓고 다른 일 해요. 한참 있다 돌아와서 써 놓은 문장을 보고 아까와 같으면 그 문장을 바꿔 봅니다. 그리고 또 딴짓하죠. 몇 번 반복했는데도 안 되면, 그때는 이미 멘탈이 '존망' 상태이므로 머릿속을 채워야 합니다. 그냥 책 읽어요."

그렇다. 안 써질 때는 한 줄이라도 쓰면 되고, 그래도 안 되면 읽는다. 여기서 포인트는 내 머릿속에 있는 생각의 중심이 '글쓰기'를 벗어나지 말아야 한다는 거다. 설거지하면서 '뭐 쓰지?' 수건을 개면서 '뭐 쓰지?' 아이 공부를 봐주면서도 '뭐 쓰지?' 이러다 보면 전에는 보이지 않던 것들이 하나둘씩 생겨나기 마련이다.

어휴, 식기세척기를 샀는데도 맨날 설거짓거리가 쌓이네.

↓

수건은 또 왜 이렇게 많아. 여보! 제발 손 한 번 닦고 빨래통에 넣지 말라고!

↓

아들 녀석 학습지 분량이 꽤 많아졌네.

↓

그러고 보니 설거지든 빨래든 문제집이든 죄다 규칙적으로 해야 하는 일들이구나. 귀찮다고 손 놓고 있다간 잔뜩 쌓여 버릴 테니까.

↓

그럼 이것도 '루틴'이라고 봐도 되나? 글쓰기랑도 꽤 비슷한데?

이런 식으로 조금씩 생각의 틀을 확장해 나간다. 사실 위에 적어 놓은 설거지와 빨래와 학습지를 가지고 '루틴의 힘'이라는 주제를 끌어내는 게 물론 억지스러울 수도 있지만. 하여간 대략의 소재와 주제가 정해졌다면 그대로 써 보는 거다.

> 설거지를 끝내고 수건을 개고 아이 학습지까지 봐주고 녹다운이 되어 침대에 누웠는데 아직 내가 끝내지 못한 글쓰기가 생각났다. 설거지와 빨래는 안 하면 늘어나고, 글을 안 쓰면 글력이 쭉쭉 떨어진다. 방향은 반대지만 '미루면 안 된다'라는 점에서 크게 다를 바 없다. 그렇다면 나는 어떻게 해야 할까. 비단 글쓰기뿐만 아니라 삶에서 만나는 많은 일 중에서 '꾸준함'이 갖는 의미는 무엇일까.

이 정도 콘셉트와 주제가 정해졌다면 이제 본격적으로 써 본다. 어렵지 않다. 있던 일 그대로 쓰면 되니까. 내가 했던 행동을 써도 되고, 그때 느낀 생각을 써도 좋다. 아니면 당시 들었던 얘기, 이도 저도 아니라면 바깥 풍경이라도 쓴다. 경험을 가지고 쓰는 에세이의 장점은 모든 걸 갖다 붙여도 괜찮다는 점이다. 물론 이야기의 흐름과 논리 전개에 방해가 되면 안 되겠지만 말이다.

글럼프로 시작해 신세 한탄으로 변질되었다가 다시 글쓰기로 돌아와 어설픈 생각을 늘어 놓은 이 정체불명의 글을 마무리하려고 한다. 여기까지 읽은 분이라면 어느 정도 눈치를 챘겠지만, 작가 양반 글럼프라고 징징대더니 우째 오늘도 꾸역꾸역 쓰긴 썼습니다? 거봐요. 안 써지면 한 문장 쓰고 딴짓하라고 하지 않았습니까. 물론 이 글이 좋은 글인지는 독자의 몫이지만.

괜찮다. 쓰레기는 고치면 되니까. 일단 쓰고, 어떻게든 한 꼭지를 마무리해 보자. 이런 과정이 반복된다면, 분명 내 글력도 향상될 수 있을 거라 믿는다. 그러니까 눈에 힘 빡 주고 앉아서 매일 쓰자고. (저에게 하는 말입니다.)

글럼프에 빠졌다면 일단 한 문장이라도 쓰자. 없던 아이디어도 생길 것이다.

글쓰기의 그림자 :

쉬어도불안해병

파도가 넘실대던 바다를 건너
잔잔한 호수에 이르렀다.

갑자기 시(詩)는 아닐 테고. 요즘 내 상태가 이렇다. 출간과 함께 붕 떠버린 마음이 한 달 동안 몇 번, 아니 몇십 번씩 비행기와 낙하산을 바꿔 탔다. 예외는 없었다. 이번에도 강력한 출간통이 찾아왔다. 여전히 나는 아침이 오는 소리에 문득 잠에서 깨어 판매지수와 서평을 확인하며 하루를 시작한다.

냉정하게 평가하자면, '히트'를 치지는 못했다. (흐엉) 무명 작가의 글이 잘 팔리지 않는 건 어찌 보면 당연한 결과이겠다만, 열심히 홍보한 결과가 기대에 미치지 못함이 조금 아쉬울 뿐이다.

바쁘게 달려 오면서 정신줄이 많이 풀렸다. 어떻게 시간이 흘렀는지, 말 그대로 바다를 건너온 기분이다. 아무튼 수고했다. 잘했고 잘하고 있고 앞으로도 잘될 것이다. 그렇게 나는 높은 파도의 바다를 지나 잔잔한 호수 앞에 섰다. 눈앞에 또다시

끝도 없는 호수가 펼쳐져 있다. 사실 이게 호수인지 강인지 바다인지 분간이 안 된다. 언제 어디서 엄청난 파도가 나타날지 모를 일이다. 할 수 있는 거라곤 그저 건너가는 일뿐.

잠시 쉬어 가야겠다는 말을 쓰려고 어학사전을 열었다가 '템포 루바토tempo rubato'라는 단어를 발견했다. 악보를 연주할 때 연주자가 임의로 점점 느리게 빠르게 하며 박자를 바꾼다는 뜻인데, 전체 연주 시간은 변하지 않고 그 안에서 템포를 조절한다는 의미다. 문득 이 말이 우리 삶과 많이 닮았다고 생각했다. 그렇지. 인생의 템포도 빠를 땐 빠르게, 가끔은 여유도 부리면서 사는 거 아니겠나.

여전히 마음 한구석에 '쉬어도불안해병'이 도사리고 있음을 느낀다. 전두엽 줄기세포에서 자꾸만 무언가를 하라고 압박을 보낸다. 불쾌하지는 않다. 뭐라도 하긴 해야겠는데 하기 싫으니까 그냥 널브러져 있는 거다. 흐엉.

작가라면 누구나 '쉬어도불안해병'을 겪는다. 한참을 안 쓰다가 오랜만에 쓰려면 당최 글이 안 나온다는 것을 알고 있기에 그렇다. 쓰기는 근력과 감각의 영역이다. 안 쓰면 근육이 줄고, 감각이 퇴화한다. 그러니 쓰던 사람이 안 쓰면 불안감을 느끼는 건 어찌 보면 예정된 수순이다. 쓰자니 싫고, 쉬자니 무섭고. 지옥의 뫼비우스가 따로 없다.

나 역시 그랬다. 글을 안 쓰고 쉬고 싶다는 마음이 가끔⋯⋯

아니 종종 든다. 하하. 글을 쓰겠다던 놈이 이제는 쓰기 싫단다. 쓰고 싶지만 쓰고 싶지 않다. 무슨 변고일까. 그저 웃음만 나온다. 에라이, 다 때려치워! 근데 무작정 쉬면 안 그래도 비루한 필력마저도 사라질 것 같아 두렵다. 그래서……

하루에 한 번 아주 짧은 글이라도 쓰기로 했다. 한 문단, 짧은 시, 아니면 문장 바꾸기, 그도 저도 안 되면 필사라도. 스스로 '글과의 인연'을 끊지 않도록 처방을 내린 셈이다. 어쨌거나 글을 썼으니 쉬어도 괜찮다. 쉬자. 오늘은.

글을 쓴다는 것에 너무 큰 부담을 가지지 않았으면 좋겠다. 글쓰기는 변주곡이다. 빨라져도 느려져도 괜찮다. 여전히 나의 노래는 재생 중이니까. 비록 연주 실력이 뛰어나지 못해 속도 조절이 잘 안 되고 중간중간 틀리기도 하지만, 어차피 이 노래는 스스로 끝내기 전에는 절대로 끝나지 않는다. 연주자로 나선 내가 이번 생에 라흐마니노프 피아노 협주곡 2번을 완벽하게 소화할 수는 없겠지만, 피아노를 배우고, 두드리고, 연주하고, 듣는 과정이 즐겁다면 중간에 틀리고 음이 어긋나고 어설퍼도 괜찮은 거 아니겠나. 그러니까 계속 앞으로 나아갈 수밖에.

어차피 건너야 할 호수이고 강이고 바다라면, 열심히 건너면서 이 '쉬어도불안혜병'을 정복해 볼 테다. 언젠가는 내 귀에도 매끄러운 피아노 소리가 들려오길 희망하면서.

이번 생에 큐브를 맞출 수 있을까?

간만에 큐브 맞추기에 꽂혔다. 하지만 마음과 달리 계속 헤매고 있다. 나는 그동안 포기가 빠른 남자로 살아왔다. 새로운 걸 좋아해서 이것저것 많이 시도하지만, 끝까지 제대로 해낸 건 손에 꼽을 정도였다. 잘되면 하고 안 되면 말고. 그런데 오늘 내 모습을 보니 마음이 한껏 불편하다. 사실 오늘이 처음은 아니었다. 그동안 큐브 맞추기에 몇 번 도전했다가 실패했다. 그래서 이번만큼은 반드시 큐브에 성공하리라 다짐했다. 동영상만 보고 따라 하면 되는데 뭐가 어렵겠냐. 그렇게 자신만만하게 도전했다. 진행 과정도 나쁘지 않았다. 2층까지는 그럭저럭 성공했다. 그런데 도무지, 마지막 한 층을 남기고 앞으로 갈 수가 없다. 솔직히 갈 수 없는 건지 가기 싫은 건지 모르겠다. 한 끗 차이인데 여기서 잠깐 멈추고 싶다. 아니, 이제 그만하고 싶다.

글쓰기도 그랬다. 쓰다 멈춘 글은 마치 냉장고에서 싹을 피운 감자 같았다. 야심 차게 시작했지만 지금은 멈춰버린 두 개의 매거진. 이 녀석들은 큐브 1층 언저리에서 갈 길을 못 잡은 형국이다. 시작했으니 끝을 봐야 한다. 이대로 냉장고 구석에 보관해둔다면 머지않아 음식물 쓰레기통으로 들어가야 할 테니까.

삶의 많은 문제가 그렇다. 인생이라는 바다를 건널 때 반드시 날씨가 좋다는 법은 없다. 때로는 비가 내리고 태풍이 몰아친다. 땡볕 무더위와 혹한의 추위가 나를 괴롭힌다. 이런 어려움 앞에 나는 어떤 사람이었던가. 그저 편한 길을 찾아 발걸음을 휙 하고 돌려버리지 않았나.

어찌 되었든 마무리하기. 그래야만 또 다른 기회가 시작될 것이다. 안일했다. 시작이 반이라면 나머지 반은 끝맺음에 있다는 사실을 잊고 있었다. 물론 반드시 완주하지 않아도 된다. 내 깜냥이 아니라면 과감히 포기하자. 포기를 잘하는 것도 능력이다. 다만, 열심히 달리다 어려운 일이 생겼다고 중간에 멈춰서 뜨뜻미지근하게 앉아 있지는 말아야 한다. 저녁에 먹고 남긴 된장찌개를 한 달 후에 먹을 수는 없을 테니까.

점점 글쓰기가
재미있어집니다

작가의 네 가지 동기부여

밤 11시. 잘까 잠시 고민하다 조용히 일어나 책상 앞에 앉았다. 노트북을 열고 자연스럽게 메모장 앱을 실행한다. 나는 대부분의 초고를 이곳에 써 놓는다. 원고뿐만 아니라 길 가다 발견한 글감, 영감을 주는 기사 링크, 책에서 발견한 좋은 구절 등. 여기엔 글쓰기와 관련된 모든 자료가 들어있다. 말하자면 작가의 보물 창고인 셈인데, 정리는 잘 안 된다. 마치 스마트폰의 사진첩처럼.

며칠 전까지만 해도 쓰기 싫다고 징징대던 내가 오늘은 또 무슨 바람이 불었는지 자연스럽게 자판을 두드리고 있다. 또 '쉬어도불안해병'에 걸려버린 걸까. 그건 아니다. 아무리 생각해도 불안한 감정과는 결이 다르단 말이다. 그럼 뭐야. 왜 자꾸 글을 쓰려는 거야? 대체 뭐가 좋아서?

인간의 모든 행동은 '이익 추구'와 관련되어 있다. 글쓰기도 마찬가지다. 쓰는 행위가 나에게 어떤 이득을 준다고 생각하기 때문에 계속 쓰는 거다. 아무것도 얻는 게 없다면 행위 자체가 불가능할 것이다. 실질적이든 무형의 만족감이든 무엇이든 충족되는 부분이 있으니 계속하는 거 아니겠나.

　조금 더 깊이 생각해 보기로 했다. '왜 글을 쓰려는 걸까?'라는 질문을 반복해서 던졌다. 머릿속에 둥둥 떠다니는 생각을 모아 보니 대충 세 가지 정도의 이유가 나오더라. 솔직한 심정을 담아 정리해 보고자 한다.

글을 쓰는 이유 1 – 인정 욕구 충족

아들러 심리학을 다룬 책《미움받을 용기》중에서 가장 충격적이었던 대목은 인정 욕구를 버리라는 부분이었다. 타인에게 인정받기를 바라는 욕구를 없애야 미움받을 용기를 기를 수 있다는 데에는 어느 정도 동의하지만, 그게 어찌 쉬운 일이겠는가. 속물근성이 잔뜩 배어 있는 나에게 브런치의 '라이킷'과 인스타의 '좋아요' 알림이 얼마나 황홀한지. 거기에다 "우쭈쭈~ 작가님 글 너무 좋아요 우쭈쭈~" 이렇게 댓글이라도 달리는 날엔 기분이 날개를 달고 천장까지 붙어버린다. 하여간 우쭈쭈 때문에 글을 쓴다는 말이 좀 웃기게 들리겠지만, 엄연한 사실이다.

글을 쓰는 이유 2 – 자기반성 또는 자아 성찰

인스타그램을 돌아다니다 보면 관심사에 대한 피드가 많이 보인다. 나는 #글쓰기 해시태그를 팔로우하고 있는데, 글쓰기

수업에 관한 피드에는 다음의 문구들이 자주 등장한다. '치유의 글쓰기', '힐링', '자아 성찰', '쓰며 성장합니다' 등 대략 이런 것들이다. 처음엔 콧방귀를 뀌었다. 글을 쓴다고 어떻게 상처가 치유되냐. 이랬던 내가 지금은 얌전히 무릎 꿇고 반성하고 있다. 글쓰기는 마법의 아이템이다. 상처가 아물었음은 물론 못난 지난날을 돌아보게 했고, 더 못난 나를 아끼도록 마인드 세팅을 다시 해주었다. 사실 이것이 글쓰기의 메인 이벤트이자 화룡점정이다.

글을 쓰는 이유 3 – 성취감

살면서 몇 번이나 성취감을 느꼈을까? 성적을 잘 받았을 때, 원하던 직장에 합격했을 때, 계획했던 프로젝트가 잘 끝났을 때. 사실 인생의 굵직했던 일들을 제외하곤 별거 없다. 생각도 잘 안 나니까. 그런데 글쓰기는 좀 다르다. 어떻게든 한 꼭지를 완성했을 때 느껴지는 성취감이 생각보다 크다는 사실이다. 매일 한 꼭지를 쓰던 시절 나는 그야말로 자신감 최고였다. 그것 봐. 오늘도 한 꼭지 썼잖아. 김 부장의 지랄도 귀에 들려오지 않는다.

쓰기의 과정은 언제나 성취와 연결되어 있다. 쌓인 글을 모으고, 하나의 주제로 기획하고, 세상에 내놓을 글로 만들어내는 작업 역시 도전과 성장의 연속이다. 출간 기획서를 만들어

투고할 때의 조마조마함, 출판사에서 연락이 왔을 때 느끼는 희열과 설렘, 볼품없던 글이 교정과 편집을 거쳐 세상에 나왔을 때의 기쁨. 이럴 때마다 마음속 성취감 통장에 수천만 원씩 꽂히는 기분이랄까.

이상의 이유 외에도 관종을 뛰어넘는 자랑질 욕구 충족, 세상에 조금이라도 공헌하고 싶은 선한 영향력(내가 무슨 힘이 있겠냐만), 훗날 아이에게 보여주고 싶은 아빠의 마음 등이 있다. 여기까지 오니 '글쓰기'에 대한 내 마음이 조금 차분해진 것 같다.

이래서 계속 쓰려고 하는구나. 언제부터인지는 몰라도, 조금씩 '쓰는 사람'에 가까워지고 있다는 건 분명하니까. 천천히, 급하지 않게, 한 발짝씩 앞으로 가 보자고. 언젠가 십 책 작가(열 권의 책을 출간한 작가, 발음 주의)가 되어 있을 미래를 그려 본다.

우쭈쭈, 작가야. 오늘도 수고했다.

각 잡고 글쓰기

글쓰기 모임을 하면서 일주일에 두 개의 글을 공유하기로 했는데 아직 하나를 못 썼다. 얼렁뚱땅 넘어가면 안 될까 고민하다 이내 접었다. 함께 달리는 분들에게 도움이 되지는 못할망정 어디서 감히 사기를 치는 것인가. 그리하여 오랜만에 '마감을 앞둔 글쓰기'를 하고 있다. 딱 3시간 남았다. 돼지고기 두루치기에 막걸리를 가볍게 한잔하고 약간의 알딸딸함과 졸림이 겹쳐 있지만, 어떻게든 글을 써야 한다는 일념으로 모니터 화면을 응시한다. 그런데 어떤 주제로 쓸지 여전히 막막하다.

딱히 생각나는 주제가 없으니 한 주를 돌아보며 기억의 바다를 건너간다. 이번 주는 뭔가 정신이 없었다. 일도 바빴지만, 그보다 마음이 더 분주했던 느낌이랄까? 아니다. 일 때문에 싱숭생숭했던 게 맞다. 처리해야 할 일은 늘어나는데 단시간 내에 빨리빨리 처리하려다 보니 자잘한 실수도 생겼다. 대세에 지장이 갈 정도는 아니었지만, 뭔가 기분이 상했다. 나는 완벽하지 않은 사람이며 늘 실패할 수 있다고 생각하고 또 생각했음에도 막상 닥쳐오는 감정은 그다지 좋은 부류가 아니다.

어디에 정신이 팔렸을까. 정답이 무엇인지는 모르겠으나 의심 가는 것들이 있다. 일과 미래에 대한 잡스러운 생각들이 머릿속을 복잡하게 만들었다. 그냥 스트레스라고 표현해도 괜찮을 듯하다. 이런 소모적인 감정을 잊으려고 퇴근하고 돌아와 계속 땀을 흘렸다. 호수공원을 뛰며 마음의 불순물을 쏟아냈다.

'버티는 게 뭐가 어때서. 다들 이렇게 살지 않나?'

하루하루를 버텨낼지라도, 퇴근 후의 삶만큼은 반드시 행복하길 바랐다. 젖은 낙엽처럼 버티는 삶 속에서 스스로 갈고닦으며 조금의 역량을 키워가길 원했다. 언젠가는 스스로 업(業)을 종결지을 수 있도록. 하지만 이것이 절대로 쉽지 않다는 것을 이번 주 내내 체감했다.

나는 변할 수 있을까? 나는 내가 원하는 일을 하며 살 수 있을까? 아니 그전에 그것이 무엇인지 알아낼 수 있을까? 버티는 와중에도 행복을 찾으려는 네 놈이 대견하긴 하다만, 너는 여기에서 멈추지 말고 한 번 더 업그레이드해야 한다. 남들보다 조금 느릴지라도, 나타나는 결과물이 미약할지라도, 너는 계속 뛰어야 한다. 자잘한 실수에 마음이 흔들려 일주일 동안 글도 안 쓰면 안 된다.

나는 무엇을 원하는가. 무엇을 겁내고 있는가. 내가 해야 할 일은 무엇인가. 회색빛이었던 월화수목금토일을 뒤로하고 돌아오는 한 주는 이런 실질적인 고민으로 가득 채워야겠다. 그리고 그 고민을 꼭 글로 남겨 놓으리라 다짐한다.

고민 많은 불혹의 어린이가 어렵사리 숙제를 끝내려고 한다. 생활 속의 빛나는 순간을 찾아 쓰자는 '라이트라이팅'의 취지에 맞는 글인지는 모르겠으나 어둠에 파묻혀 있다가 얼굴을 빼꼼 내밀었으니, 이건 또 이것대로 밝은 글이다.

퇴고가 뭐예요? 먹는 거예요?

'퇴고'라는 단어가 고사(故事)에서 비롯되었다는 사실을 의외로 모르는 이가 많다. (물론 이 글을 쓰기 위해 공부하기 전까지 나도 포함되었다.)

자그마치 1,500년 전, 당나라 시인 가도가 말을 타고 가면서 방금 지은 시의 마지막 구절을 고민하고 있다. 문을 '밀었다'고 할까, 아니면 '두드린다'고 할까. 정신 팔린 사이 어느 관리의 행렬과 부딪혀 벌을 받으려던 찰나, 가도의 이야기를 들은 관리가 웃으며 말한다. "여보게, 그건 두드린다는 표현이 더 낫겠네." 고개를 들어보니 그는 당대 명문장가였던 한유가 아니었던가. 그때부터 두 사람은 절친이 되었다. 하여간 퇴고는 그 자체로 밀 퇴(推)냐, 두드릴 고(敲)냐를 놓고 머리를 싸매던 작가의 고뇌가 고스란히 드러나는 말이다.

시간을 거슬러 현재로 돌아와 방금 써 놓은 초고를 들여다보고 있다. 통상 브런치에 글을 발행하기까지 세 번의 퇴고를 거친다. 더 많이 할 수도 있지만 (사실 퇴고는 끝이 없는 작업이

다) 그것은 내가 정해 놓은 막쓰즘의 원칙에 반하므로 가급적 세 번에 끝내려고 노력하고 있다. 이하는 작가가 즐겨 사용하는 퇴고의 3단계, 말하자면 영업 비밀이다.

첫 번째 퇴고는 '눈으로 한번 훑기'다. 글의 시작부터 끝까지, 전반적인 내용과 이야기의 흐름에 어색한 것이 없는지 살핀다. 주제와 관련 없는 내용이 보이면 삭제하고, 부족한 부분은 채워 넣는다. 첫 번째 퇴고는 큰 틀만 보는 셈이다. 곁다리는 그다음이다.

두 번째는 입으로 소리 내며 읽는다. '음독(音讀)'이다. 붐비는 곳에서 혼자 중얼거리면 이상한 사람 취급을 받을 수도 있다. 사정이 여의찮을 땐 입술만 오물거리기도. 어쨌든 눈으로 읽는 것과는 분명 다르다. 음독을 하게 되면 전에 보이지 않던 어색한 부분들이 확 드러난다. 중복 표현이 곧바로 들통나고, (앞에서 읽었으니까) 어려운 말도 이게 뭐였지 하면서 쉬운 단어로 바꿀 수 있다. 백스페이스 신공을 가장 많이 사용하는 단계라고 할 수 있다.

이렇게 두 번의 필터링을 거쳐 발행 전 마지막 코스인 '맞춤법 검사'에 들어간다. 한글 프로그램을 비롯해 여러 포털사이트에서 맞춤법 검사 기능을 제공하고 있지만, 내가 즐겨 찾는 곳은 다름 아닌 '부산대학교 맞춤법 검사기'다. 맞춤법은 물론이고 앞뒤 문맥에 따른 알맞은 표현, 순화된 말, 접속사까지 살

퍼준다. 거기에 친절한 설명까지 덧붙여주니 작가에게는 고비 사막의 오아시스와도 같은 존재가 아닐 수 없다. 가끔 사이트 가 불안하다는 게 유일한 단점이다.

퇴고가 필요한 이유는 여러 번 반복했다시피 나 혼자 보는 글 이 아니기 때문이다. 에세이는 타인을 위한 글인 동시에 타인 에게 '읽히기 위한' 글이다. 나 혼자 지지고 볶고 무쳐 먹을 게 아니라면 글에도 맛이 있어야 한다. 퇴고는 글에 맛을 내는 과 정이다. 완벽하지 않아도, 아니 완벽할 수 없어도 내가 쓴 글을 꺼내 놓기 전에 최소한의 관리와 노력이 필요하지 않을까.

사실 나는 킹카였어

책 디스 아웃

사실 나는 킹카였어

형들이랑 놀러 가면

웃긴 말만 해댔지만

사실 나는 킹카였어

– 처진 달팽이, <압구정 날라리> 중에서

나는 매우 썰렁한 사람이다. 유재석 님이 그러한 것처럼 나는 어디 나가서 남들을 즐겁게 하지 못한다. 웃긴 말은커녕 사람들 앞에 서면 목소리가 자연스럽게 떨린다. 심지어 줌$_{zoom}$에서도 자기소개만 하면 왜 이렇게 심장이 벌렁대는지. 하지만 이런 나에게 비밀이 하나 있었으니. 내 안에는 남들을 웃기고 싶은 욕망이 꿈틀대고 있다는 것이다. 그래서일까. 나는 아주 가끔, 개그맨이 되는 꿈을 꾼다. 개콘이나 웃찾사 같은 공연 무대에 올라 사람들을 즐겁게 하는 내용이다. 물론 대부분은 꿈에서조차 사람들을 웃게 하지 못하는, 일종의 악몽으로 마무리된다.

학창 시절, 참으로 재미난 친구가 있었다. 그 녀석은 가벼운 몸짓과 말 한마디로 사람들을 웃겼다. 그가 지나가면 모두가 자지러졌다. 초토화되었다는 표현이 어울리려나. 쟤는 별것도 없는데 왜 이렇게 웃기지? 시기와 질투의 감정은 이내 부러움을 넘어 존경심으로 발전했다.

시간이 흘렀다. 웃긴 말을 해댔지만 아무도 웃지 않던 썰렁이가 자라 글을 쓰고 있다. 그런데 큰일 났다. 처음엔 전혀 그러지 않았는데 글을 써갈수록 자꾸만 웃긴 말을 집어넣으려고 한다. 웃기지 못해 쌓인 욕구를 글로 풀어내는 것도 아닌데. 게다가 가끔, 아주 가끔 글이 재밌다는 소리를 들으면 기분이 천장을 타고 지구 끝까지 올라간다. 그 말은 진정 글을 쓰기 시작한 이래 가장 듣고 싶었던 말이었다. 재미가 있어야 읽혀질 수 있기에, 끝까지 이야기를 전달할 수 있기에. 지금도 가슴속에는 언제나 재미난 글을 쓰고 싶다는 욕망이 활활 타오른다.

원래부터 킹카였다는 말은 완전 뻥이지만, 이 글을 통해 나는 내가 추구하는 재미의 본질을 다시금 돌아본다. 왜 태어났는지는 몰라도 기왕 태어나 사는 거 실컷 재밌게 웃으면서 살고 싶다. 남은 삶은 건전한 웃음과 위트와 재미가 넘치는 시간으로 채웠으면 좋겠다. 즐거움을 사랑하는 나!

나는 행복을 추구한다.

나는 즐거운 행복을 추구한다.

나는 재미있고 즐거운 행복을 추구한다.

나는 재미있고 즐거운 행복을 함께 나누고 싶다.

나는 함께 나누는, 재미있고 즐거운 행복을 통해 다른 사람
의 삶에도 재미와 즐거움과 행복이 넘치도록 만들고 싶다.

신나게 살자. 그게 최고다.

책을 출간하면 생기는 일

출간할 때마다 묘한 기분이 든다. 출간된 책을 받으면 표지를 쓰다듬고 몇 장을 넘긴다. 이미 지겹도록 많이 본 내용이지만 책장을 넘기며 마주하는 풍경은 컴퓨터 화면이나 A4용지로 볼 때와 사뭇 다르다. 진짜 책이 되었다는 게 이제야 실감 난다.

출간 작가. 어깨 뽕이 잔뜩 들어가 있을 것 같지만 전혀 그렇지 않다. 나는 여전히 평범한 사람이고, 작가라고 불리기에도 민망한 글쟁이일 뿐이다. 혹시 '출간통'이라는 말 들어보았는가?

* **출간통**(出刊痛)
　출간 전후로 생겨나는 일련의 증상 (출처 : 내가 만듦)

그리하여 출간 작가의 뒷이야기를 풀어 보려고 한다. 출간통은 보통 사람 작가라면 피해 갈 수 없는 일종의 병이다. 혹시 아직 책을 출간하지 않았다면 여러분도 조만간 경험하게 될 터이니 미리 알아두는 것도 좋을 것이다. 거두절미하고 본론으로 들어간다. 출간통의 주요 증상은 크게 세 가지로 나뉜다. 그 이름도 어마무시한 검색병, 판매지수병, 서평탐구병이다.

1. 검색병 · 檢索病

검색창에 내 책의 제목이나 이름(저자명)을 입력하고 그 결괏값을 분석하게 될 것이다. 포털사이트 책 소개란에 하트가 몇 개 달렸지? (몇 개 없다) 혹시 출판사에서 나 모르게 포스트나 보도자료를 뿌리지 않았을까? (그러지 않았다) 새로운 뉴스가 있나? (그럴 리 없다) 내 책은 인기도순으로 몇 번째에 나오지? (당최 안 보인다) 등등. 하여튼 알고 보면 별것도 없는 검색 결과에 목을 매며 모니터 혹은 스마트폰 화면을 주야장천으로 들여다보게 될 것이다.

2. 판매지수병 · 販賣指數病

책이 출간되고 나면, 일정한 시간이 지날 때까지는 내 책이 얼마나 팔렸는지 알 수 없다. 대놓고 출판사에 물어보기도 뭐하고. 사실 출판사에서도 정확하게 답할 수 없다. 서점에 입고되었다가 팔리지 않으면 한참 후에 다시 반품되는 경우도 비일비재하기 때문.

온라인 서점의 판매지수 산정 방식을 밝히지 않으므로 명확하게 알 수는 없지만, 어쨌든 책이 많이 팔릴수록 판매지수가 올라가는 건 맞다. 그래서 책을 출간하게 되면 반드시 매일 아침 업데이트된 판매지수에 일희일비하는 자신을 만나게 될 것이다.

3. 서평탐구병 · 書評探究病

말 그대로 출간한 책의 서평(리뷰)을 읽게 되는 병이다. 서평 읽는 게 왜 병이 되는 거지? 의아하게 생각할 수도 있겠으나, 이건 병이 맞다. 그냥 읽는 게 아니라 두 번 세 번 반복해서 그것도 아주 꼼꼼하게(병적으로) 읽게 될 것이기 때문이다. 자신의 책에 대한 서평을 꼭꼭 찾아서 읽지 않고는 못 배긴다. 작가는 관심에 목마른 사람이다. 포털사이트는 물론 인스타그램 해시태그로 책 제목을 검색하는 자신의 집요함도 발견할 수 있다.

그 외에도 많은 증상이 있지만, 이 정도만 하겠다.

나는 다시 출간통을 겪고 있다. 출간통은 대단히 복합적인 감정을 동반한다. 불안하다. '사람들이 내 책을 외면하면 어쩌지?', '별것 아니라고 혹평하면 어떡하지?' 이런 걱정이 마음 한구석을 차지하고 있다. 하지만 불안과 별개로 기분이 좋은 것도 분명한 사실이다.

관두자. 걱정해서 뭐 하겠나. 이미 세상에 나왔는데. 드러나지도 않은 상상으로 쓸데없이 에너지를 낭비하지 말고 공들여 낳은 자식 많이 사랑해줘야겠다. 죽을 만큼 힘들었던 내가 글쓰기를 통해 힘을 얻고 하루하루를 버텨낸 것처럼, 나의 이야기가 누군가에게 작은 위로와 즐거움을 선사할 수 있다면 충분하지 않을까. 물론 독자 여러분께도 많이 사랑받는 책이 되었으면 좋겠다. 이건 작가의 진심이다.

쓰는 사람이 되겠다고 마음먹은 지 5년이 지났다. 무소음 탁상 시계의 초침처럼 느릿하게 기어가던 글쓰기가 익숙한 일상으로 느껴지는 이유는 시간의 흐름을 눌러 꾸역꾸역 써 왔기 때문이리라. 시간은 한없이 느리지만 한편으론 빠르다. 글쓰기에 왕도는 없다. 내가 아는 유일한 방법은 쓰기를 멈추지 않는 것, 느릿느릿 천천히 가는 여정일 뿐이다.

2부

무엇을 쓸 것인가 _ 글감에 관한 고찰

1
장

'관찰'을 통한
글쓰기

라이트라이팅은 세상을 자세히 뜯어 보는 것에서 시작한다.
보고 또 보고, 관찰하고 또 관찰하고, 살피고 살피다 보면 결국
나오게 되어 있다. 꼭꼭 숨어 있던 삶의 보석 같은 순간 말이
다. 이번 장은 일상에서 '관찰'을 통해 발견한 글감에 관한 이
야기다. 별것 아니다. 생활 속에서 평범하게 만날 수 있는 소재
들이다. 글쓰기를 시작하면서 세상을 보는 시각이 달라졌다.
작고 소중한 것에 관심을 기울이게 되었고, 풍경과 장면과 사
건을 있는 그대로 볼 수 있게 되었다. 불투명 시트지처럼 흐릿
한 시야를 분명하게 만드는 방법은 하나뿐이다. 나는 이것을
'글쓰기의 매직'이라 부른다.

뒤집으면 비로소 보이는 것들

관찰 : 내 비디오 미러링

요즈음 가족과 회사를 제외하고 제일 자주 만나는 사람들은 다름 아닌 글쓰기 동지들이다. 한 달에 한 번 동료 작가님들과 온라인 모임을 하는데 (코로나19 이후에 알게 된 분들이라 몇몇을 제외하곤 여전히 비대면 인연인 셈이지만) 화면으로라도 자주 만나다 보니 어느새 절친이 되어 버렸다.

토요일 아침 7시. 오늘은 최근 출간한 작가님의 북토크가 있다. 일찌감치 일어나 세수하고 노트북을 켰다. 줌 화상회의 시스템은 할 때마다 생소하다. 시대가 시대인만큼 새로운 문물에 적응해야 함에도 나는 어느새 라떼가 되어 음소거 버튼과 스피커 마이크 설정에 버벅거리고 있다. 세상은 어렵다. 줌은 더 어렵다.

회의 시작 전, 비디오를 켜고 얼굴 상태를 점검해 본다. 나도 사람이니만큼 사람다운 모습을 보여줘야 하지 않겠는가. 화면에 나타난 나의 눈코입과 배경, 조명 등을 적당히 조절하며 최적의 모습을 찾으려 애쓴다. (사실 거기서 거기라는 거 안다.) 그렇게 비디오 설정을 계속하던 중.

'내 비디오 미러링'이라는 체크박스가 보인다. 예전부터 봤지만 늘 체크가 되어 있었기에 한 번도 해제해 본 적이 없었다. 미러링이라면 지금 내 모습이 거울처럼 나오는 효과를 말하는 거겠지? 호기심이 발동해 체크를 풀었더니 좌우가 딱 바뀐다. 아하! 이렇게 되는 거구나! 근데 내 얼굴이 왜 이렇게 어색하지? 좌우가 반전되었을 뿐인데, 마치 다른 사람 같다. 분명 나인데 내가 아닌 느낌적인 느낌. 아마도 한 번쯤 경험해 보셨으리라.

그렇다면 잠깐, 그것이 알고 싶다. 다른 사람의 화면에는 어떻게 나오는지. 미러링 체크를 눌렀다 풀었다 할 때마다 얼굴이 뒤집히진 않을 테고, 궁금하다. 이럴 땐 바로 스펀지 실험맨 등장이다. (이게 언제 적 프로그램인가.) 카톡으로 회의 링크를 보내 놓고 스마트폰으로 접속했다. 결과는 놀라웠다. 스마트폰 화면에 나타난 내 얼굴은 그토록 어색해 마지않았던, 미러링이 적용되지 않은, 그러니까 내 시선으로는 좌우가 반전된 얼굴이었다.

아아, 그랬다. 처음부터 거울 모드로 설정되어 있어서 (그것이 훨씬 익숙하기도 했고) 나만 몰랐던 것이었다. 원래부터 이런 모습이었는데 지금까지 나 혼자 반대로 보고 있었네? 와, 사기도 이런 사기가 없다. 사실 거울 속 내 모습이 진짜가 아니라는 건 알고 있었지만(진짜는 맞지만 반사된 모습이라는 뜻),

좌우 반전 얼굴을 계속 보고 나서야 내가 원래 이렇게 생긴 놈이었다는 것을 알게 되었다. 화면에 나타난 본체가 생소할 뿐.

수십 년 세월이 지나는 동안 단 한 번도 의심하지 못했다. 나는 거울 속에 비친 내 얼굴을 들여다보며 이것이 나의 본래 모습이라고 생각했다. 그런데 타인의 눈에 담긴 건 정반대였다. 바깥의 시각에서 바라본 나는 내가 알던 것과는 전혀 다른 사람이었다. 그랬구나. 나만 몰랐네. 정말 몰랐어. 제기랄.

문득 부끄러워졌다. 비단 외모뿐이겠는가. 숱한 세월을 살아오며 했던 말과 행동들이 과연 객관적으로 모두 옳은 선택의 결과물이었는지, 자신 있게 말할 수가 없다. 어쩌면 나는 그동안 '나만 좋으면 되지 뭐가 대수야'라는 편견과 아집, 그리고 욕심으로 둘러싸인 채 그것을 스스로 정당화하며 많은 이에게 불편함을 주던 사람이 아니었을까. 나의 가치관과 세계만을 고집하며 좁은 시야를 유지하며 살아온 게 아니었을까. 이유는 아주 그냥 심플 명쾌하다. 그동안 거울 속 세계에 빠져 살아왔듯, 나라는 인간을 객관적으로 보지 못했기 때문이다.

자기(自己)의 객관화(客觀化)

철학 시간에 이게 뭔 소린가 하며 흘려들었던 개념을 마흔이 되어서야 조금씩 이해하려고 애쓴다. 하여간 자기 자신을 객관화하는 작업이 얼마나 어려운가를 새삼 느꼈다. 세월이 흐를수록, 나이를 먹어갈수록 자신의 좁은 시야에 매몰되지 말 것. 네가 보는 네 모습이 전부 옳은 건 아니니 꼰대 짓 그만하고 겸손하게 열린 마음으로 살 것. 미러링 덕분에 또 하나 배웠다.

한편, 나는 완벽한 좌우 대칭형 인간이 아닌 관계로(이런 사람이 어디에 있겠냐만) 회의 시작 전 한참 동안 '내 것인 듯 내 것 아닌 내 것 같은' 내 얼굴을 보며 적응의 시간을 가졌다. 좌우가 바뀌니 좀 괜찮은 거 같기도 하고. 하여간 이제부터는 미러링 모드를 해제하고 접속해야겠다. 줌 사용자라면 한 번쯤 시도해 봄 직하다. 아마도 많이 어색할 것이다.

120

시간이 바쁘게 흐른다. 지난 주말까지 출판사에 보낼 원고 교정에 매달렸다. 노트북 화면에서 글자가 춤을 춰 어지럽다고 느껴질 즈음 간신히 마무리를 지었다. 그러고는 일주일 푹 쉬었다. 한 일이라고는 인스타그램에 짧은 피드 하나 올리고, 그걸 각색해 브런치에 포토에세이로 발행한 게 전부다. 머릿속에서는 쉬지 말고 얼른 새 글을 써야 한다며 보채고 있지만, 눈을 감은 채 불편한 감정을 애써 외면하고 있다.

급한 불이 꺼져서 그런가. 기운이 빠진다. 예전 같으면 여행이든 뭐든 부지런히 돌아다녔겠지만, 피곤함에 쪼그라든 열정으로 칩거 생활을 이어간다.

빵빵해진 배를 부여잡고 TV 화면을 돌린다. 즐겨 보는 EBS 다큐멘터리가 나온다. 오늘은 멸치잡이에 관한 이야기다. 가장 흔한 생선. 아니, 하도 익숙해서 그것이 생선이라는 사실을 가끔 잊어버리기도 하지만, 종종 반찬 가게에서 멸치볶음을 사다 먹는 멸치 애호가로서 흥미가 생긴다.

멸치를 잡는 방법은 여러 가지다. 배를 타고 나가 그물을 설치해 잡기도 하고 나무로 구조물을 만들어놓고 조수 간만의 차를 이용해 멸치를 포획하기도 한다. 화면에 나온 멸치잡이 방법이 궁금해 인터넷을 찾아보았지만, 후리어업, 챗배, 유자망, 소대망, 권현망 등 알아들을 수 없는 용어들이 즐비한 관계로 대충 생략하기로 한다.

그중에서 아주 인상적인 장면이 있었다. 여러 사람이 일렬로 선 채 그물을 붙잡고 걷어 올린 멸치를 털어내는 모습이었다. 대여섯 명의 장정이 장단에 맞춰 그물을 아래위로 흔든다. 그물에 붙은 멸치가 공중으로 솟구친다. 마치 하늘을 날아가는 것 같다. 그물코에 멸치의 살갗이 뜯어져 함께 날리고, 수백 수천 마리의 멸치가 공중 부양을 하는 동안 인부들의 옷과 얼굴은 멸치의 비늘과 부산물로 범벅이 된다. 한 번도 쉬지 않고 몇 시간 동안 멸치 털기를 이어간다. 슬쩍 보기만 해도 고된 작업이다.

"그물을 털 때는 아무 생각도 하지 않아요. 그저 끝나기만을 기다릴 뿐입니다."

멸치를 뒤집어쓴 어부가 웃으며 말했다. 쉽지 않은 일이지만 멸치 덕분에 굶지 않고 살았다고. 멸치가 있었기에 자식들도 잘 자라주었다고. 그을린 입술로 미소를 짓는 화자와 다르게 듣는 사람은 마음이 찡하다. 나름대로 '버티기 전문'이라 생각했건만, 그 앞에서 감히 버틴다는 말을 꺼내지 못하겠다. 고된 멸치털이가 끝났다. 작업복에 가려 보이지 않던 어부의 시커먼 피부와 자글자글한 주름에 아버지의 얼굴이 겹친다. 한평생을 멸치와 함께 살아온 노인의 표정에 그저 숙연해진다.

나는 치열하게 살고 있는가. 최선을 다하고 있는가. 주어진 시간을 알뜰하고 살뜰하게 사용하고 있는가. 며칠 쉬었다고 벌써 이런 생각이 들다니. 문득 흘려보내는 시간이 아까워졌다.

다시 움직여야겠다. 더 많이 사랑하고, 더 많이 노력해야겠다. 내가 할 수 있는 일을 계속해야 한다. 쌓아가야 한다. 이 여정의 끝이 어디인지 모르기에 한 발자국씩 걸어간다. 나는 이렇게 삶을 살아내련다.

우물 안 거북이

관찰 : 집에서 키우는 거북이

집에 거북이가 있다. 금거북도 아니고 종이 거북이도 아닌, 진짜 거북이다. 녀석의 이름은 준북이. 애완용으로 많이 기르는 페닌슐라쿠터 종이다. 본래 플로리다반도 출신이지만, 준북이는 경기도 화성에 있는 한 곤충박물관에서 태어났다. 몇 달 전 아이를 데리고 그곳에 놀러 갔다가 거북이를 키우고 싶다는 녀석의 애처로운 눈빛을 거절하지 못했다.

어린 자녀의 요청으로 햄스터든 물고기든 거북이든 애완동물을 키워 본 사람이라면, 모두 공감할 것이다. 아이가 직접 키우겠다는 건 어지간하면 거짓말이다. (알면서도 왜 사줬을까.) 오로지 부모의 몫이다. 그나마 거북이는 손이 덜 가는 편이라 다행이랄까? 제때 먹이 주고, 일주일에 한 번 물 갈아주고, 여과기 청소하고, 수온 체크하고, 일광욕시켜주고…… 손이 엄청 많이 가잖아! (물고기 키우시는 분 진짜 존경한다.) 조금 지나고 보니 이 모든 걸 나 혼자 다 하고 있다. 내가 거북이 똥까지 치울 팔자였어.

이 녀석 덕분에 안 그래도 바쁜 집안일이 더 늘었다. 무엇보

123

다 고된 일정은 매일 아침 출근 준비로 정신없어 죽겠는데, 이 녀석 밥을 챙겨주고 나와야 한다는 거다. 내 밥도 못 먹는데 거북이 밥은 살뜰히 챙기고 있다. 그저 웃프다.

그래도 뭐……. 이 녀석이 내게 노동만을 강요하는 것은 아니다. 정서적 교감이 불가능한 파충류지만, 가끔 헤엄치고 밥 먹는 모습을 보면 좀 귀엽기까지 하다. 관찰하는 재미가 있다. 아침에 일어나면 밥 달라고 빛의 속도로 물장구를 친다거나, UVB 램프 아래에서 일광욕한답시고 뒷다리를 쭉 뻗어 스트레칭하는 모습을 보면 피식 웃음이 난다.

며칠 전, 아이와 거실에서 놀다가 준북이가 보고 싶어 방으로 들어갔다. 벌컥 열어젖힌 것도 아닌데, 돌멩이 위에서 여유롭게 빛을 쬐고 있던 녀석이 깜짝 놀라 허둥지둥한다. 얼마나 놀랐는지 수조 벽면에 수십 번 부딪히고 나서야 물속으로 숨어버렸다. 얘가 왜 이러지? 어디 아픈가? 하는 생각이 들 정도로 의아한 장면이었다.

갑자기 방문이 열려서 그랬을까, 시커먼 인간이 훅 들어와서 그랬을까. 이유는 모르겠지만 녀석은 방금 본능적으로 생명의 위협을 느껴 안전한 곳을 찾아 들어갔을 것이다. 배고플 땐 그렇게 애교를 부리더니 주인이 들어왔다고 그리 놀라면 어떡하냐. 피식 웃고 지나가려던 찰나, 돌멩이 사이에 숨어 눈치만 보고 있는 녀석의 모습이 자꾸만 밟힌다.

'너도 힘들게 살아내고 있구나.'

따뜻한 플로리다 강가에서 자라야 할 놈이 태평양을 건너 추운 이곳까지 와 주인이 주는 밥을 먹고, 40cm도 안 되는 작은 수조에서 무미건조한 하루를 보내고 있다. 누가 들어오기만 해도 놀라는 여린 존재지만, 이곳은 안전하다. 게다가 가만히 있어도 아침마다 하늘에서 밥과 간식이 떨어진다. 주는 대로 먹고, 사는 대로 산다.

이럴 수가……

내가 이 녀석과 다른 게 뭔가.

조금은 갑갑하지만 안전한 수조에 틀어박혀 매월 하늘에서 떨어지는 월급을 먹으며, 특별할 것 하나 없는 일상을 살아간다. 나는 플로리다에 가고 싶은데, 이 작은 수조에서 벗어나고 싶은데, 밖에 나가면 죽을 것 같아 너무나도 두렵다. 찬바람이 휘몰아치고 온갖 천적들이 즐비하며 각종 위험이 도사리고 있을 것만 같아 무섭다. 과연 나는 이곳에서 나갈 수 있을까.

한낱 연약한 거북이. 갑갑한 현실을 벗어나겠다고 입만 털면서 속으로는 벌벌 떨고 있는 겁쟁이. 섭씨 28도로 맞춰진 따뜻한 물속에서 발을 휘적거리며 헤엄치는 준북이가 밉다. 아니 안쓰럽다. 거울 속 내 모습 같아서.

아이의 관심은 오래전에 거북이를 떠났다. 녀석이 더 커지기 전에 조만간 다른 곳으로 입양을 보낼 계획이다. 다행히 아는 분의 아이들이 거북이를 키우고 싶다고 해서 그쪽으로 보내줄 요량이다. 플로리다 출신 준북이의 다음 행선지는 아마도 경기도 안양쯤이 되겠다. 아직 확정되지도 않았는데 이제 못 본다 생각하니 괜히 슬프다. 나 혼자만 정들었나 보다.

예시	**어머니의 식탁 (전지적 엄마 시점)**
	관찰 : 어머니의 식탁 위 사진

토요일 오후, 시간이 되었는데 아직 보이지 않습니다. 한참 전부터 파란 대문을 훌쩍 열어젖히고 골목에 나와 서성이고 있었더니 동네 사람들이 지나가며 인사를 건넵니다.

"오늘 아들 내려오나 봐요?"

네 맞아요. 이내 아들의 차가 보입니다. 문이 열리자 아들과 똑 닮은 조그만 녀석이 "할머니!"를 외칩니다. 다 큰 아들 대신 손자를 품에 안은 채 현관문을 잡아당깁니다.

"엄마, 뭐 먹을 거 없어요? 배고파요."

아들은 들어오자마자 배가 고프답니다. 차가 많이 막혔나 봅니다. 얼른 늦은 점심을 먹여야 할 것 같습니다. 아들이 온다고 딱히 준비한 건 없습니다. 뒷마당에서 딴 호박을 먹기 좋게 잘라 들기름에 볶고, 감자에 고추장을 풀어 찌개를 끓입니다. 아들이 좋아하는 메뉴는 늘 준비되어 있으니까요.

벌써 마흔이 된 아들이지만, 제 눈에는 여전히 겁도 많고 샘도 많은 어린아이입니다. 그러고 보니 이 녀석 어렸을 때가 생각나네요. 형들이랑 논다고 나갔다가 혼자 딴 길로 샜는지 완전히 길을 잃어버렸죠. 한참이 지나서야 옆 동네 파출소에서 연락이 왔어요. 이 쪼그만 녀석이 혹시 그 집 아들이냐고. 어떻게 된 게 다섯 살짜리가 집 전화번호 하나는 기가 막히게 잘 기억한다면서 말이죠. 혼쭐을 내면서도 얼마나 기특하고 예쁘던지요.

그새 마흔으로 돌아온 아들이 고봉밥을 쓱싹 비웁니다. 방금 만든 파김치가 맛있다고 난리입니다. 올라갈 때 한 통 싸서 보내야겠습니다. 어른이 되었어도 내 아이가 배불러 하는 모습을 보면 기분이 좋아집니다.

문득, 아들이 식탁 유리 밑에 끼워 놓은 사진을 보며 묻습니다.

"엄마, 이거 저 몇 살 때예요?"

"그거 너 다섯 살 때잖아. 근데 기억나니? 옆집 형들이랑 놀러 나갔다가 길 잃어버려서 저쪽 동네 파출소까지 갔던 거."

"기억나죠. 그날 엄청 혼났잖아요."

"그 사진이 아마 그맘때였을걸?"

"와, 진짜 옛날이다."

가만히 있어도 시간은 흘러갑니다. 앞마당에서 흙 묻히고 놀던 아이가 벌써 한 아이의 아빠가 되었습니다. 아들이 떠난 식탁에 앉아 다시금 녀석의 사진을 보며 마음에 살아있는 영상

을 틀어봅니다. 그저 건강하게 하고 싶은 거 다 하면서 살길. 이
제는 호박무침과 감자찌개밖에 해줄 게 없지만, 아쉬움보다 진
한 기억을 반복 재생하며 오늘 하루를 차곡히 쌓아갑니다.

어머니의 식탁엔 언제나 호박무침과 감자찌개가 올려져 있다.
　그리고 그곳엔 여전히 어린 날의 내가 살아 숨 쉰다.

개미를 밟았다

관찰 : 산책길에 본 개미들

산책길. 겨우 5월인데 날씨가 한여름 저리가라다. 정오의 태양은 공격력이 매우 강해서 조금만 걸어도 정수리를 뜨겁게 데운다. 저쪽 큰길을 건너 숲속으로 들어가야 햇빛을 가려주는 나무들을 만날 수 있다. 땀이 터질 듯 말 듯 한 손에는 미니 선풍기를 쥐고 바지런히 횡단보도를 건넌다.

드디어 응달 코스에 진입했다. 근데 '응달'이라는 말이 왜 이렇게 생소할까. 하여간 나는 그늘 속을 걷고 있다. 살랑살랑 바람이 귀를 때린다. 두 달 전만 해도 뼈만 앙상했던 나무가 언제 이렇게 많은 잎을 피우고 거기에다 시원한 공간까지 만들었을까. 필시 나무들은 굉장히 부지런한 성격일 테다.

봄이 오며 달라진 풍경은 또 있다. 아마도 이건 호불호가 갈릴 듯한데, 특히 나처럼 심약한 사람에겐 그다지 좋은 소식이 아니다. 바로, 벌레들이 많아졌다는 거다. 숲길을 걷다 보면 나무에서 내려온 거미줄에 벌레가 걸려 있다. 가끔 그 거미줄이 내 얼굴 한복판을 때릴 때도 있다. 아뭬뭬 짜증 나. 더 싫은 건 뭘 타고 내려오는지 모를 무시무시한 송충이들. 자동으로 어느 쪽으로 갈지를 고민한다.

　오늘은 날씨가 특별히 더운 관계로 숲에 들어가지 않고 플라타너스 대로변을 걷기로 했다. 벌레를 만나기 싫어서 그런 건 아니다. 차들이 쌩쌩 지나갈 때마다 마주 불어오는 바람이 반갑다. 송골송골 맺힌 땀이 한 방에 증발해 버리는 이 청량감. 봄날이 주는 특별한 선물이다.

　열심히 걷는 중, 무심코 아래를 보다 깜짝 놀랐다. 발밑에 시커먼 게 기어가고 있다. 큼지막한 개미 한 마리가 내가 딱 발을 대려는 곳으로 지나간다. 아, 밟으면 안 되는데……. 머릿속에선 '발을 돌려 다른 곳으로 착지하라!'라고 일찌감치 명령을 내렸지만, 무게중심은 이미 예상 착지 지점에 쏠려 있는 상태였다. 순식간에 개미 등짝이 신발 속으로 사라졌다. 모든 게 0.1초 만에 일어난 일이었다.

　개미를 밟았음을 직감하고 최대한 발에 힘을 풀며 살짝 점프했다. 옆으로 튀어가듯 자리를 옮겼다. 그리고 개미가 있던 곳을 바라보았다. 어라? 녀석이 아무 일도 없다는 듯 여섯 다리를 휘적거리며 나무 쪽으로 기어간다. 이상하다. 분명 밟았는데? 뭐지? 그러고 나서 바닥을 보니 알겠다. 신발 군데군데 (땅과 맞닿는 부분이 아닌) 움푹 들어간 부분에 걸렸나 보다. 오오, 개미 양반! 죽지 않아서 정말 다행이오! 오늘 운수가 좋은 날이니 집에 가는 길에 로또라도 한 장 사시오. (미안하오.)

마음을 쓸어내렸다. 엉겁결에 개미를 밟을 뻔했네. 아니 죽일 뻔했네. 유유히 제 갈 길 가는 개미를 보며 이런저런 생각에 빠진다. 저 녀석도 돌아갈 집이 있고 누군가의 가족이겠지? '생명의 소중함' 뭐 이런 고상한 이야기를 하려는 게 아니다. 아무 의도 없이 개미를 밟아 죽일 뻔한 것처럼, 어쩌면 나는 지금까지 의식하지도 못한 채 타인에게 상처를 주고 있었던 게 아니었을까. 무심코 내뱉은 말 한마디와 행동 하나로 크고 작은 생채기를 만들어내고 있진 않았을까. 내게는 전혀 그럴 의도가 없었더라도 말이다.

생각하고 또 생각할 것. 말을 아낄 것. 행동에 신중할 것. 완벽할 수는 없겠지만, 나의 언행으로 상처받는 사람을 최소화할 것. 그리고 항상 의식하며 살 것. 따뜻한 봄날 구사일생으로 퇴근하던 개미가 내게 건네준 선물이었다. 때마침 바람이 분다. 시원한 이마 위로 초록빛이 무성하다. 그 위에 하늘은 더없이 파랗다.

예시	**세상에서 가장 이상한 커플**
	관찰 : 횡단보도 위 커플

횡단보도를 건너가는데 앞에 이상한 커플이 보인다. 건장한
청년과 백발이 무성한 노인이 다정하게 손을 잡은 채 길을 건
너고 있었다. 저 조합은 뭘까. 처음엔 좀 의아했지만, 그들이
어머니와 아들이라는 것을 알아차리는 데는 그리 오래 걸리지
않았다.

청년의 허우대는 멀쩡했지만, 걸음걸이가 살짝 부자연스러
웠다. 그러고 보니 그들이 맞잡은 손의 위치가 허리춤이 아닌
가슴팍이다. 노인은 청년을 놓칠세라 손에 힘을 주었다. 그걸
아는지 모르는지 청년은 성큼성큼 걸음을 옮겼고, 그때마다
노인은 이리저리 끌려다녔다.

노인의 뒷모습은 굉장히 강단 있어 보였다. 하얀 머리 색만
빼고는 40대라고 해도 믿을 만했다. 조금 마른 체형에 허리와
어깨가 정직하게 펴져 있었고, 청바지 위로 드러난 종아리는
누가 봐도 근육질이다. 운동을 오래 했음이 분명하다. 비록 지
금은 너무 커버린 아들에게 끌려다니는 신세지만, 작지만 단
단한 그녀의 몸에는 조금이라도 더 건강하게 살기 위해 구슬

땀을 흘리던 시간이 꾹꾹 담겨 있었다. 내가 건강해야 한다. 노인의 목소리가 들리는 듯했다.

　그런 엄마의 마음을 아는지 모르는지 청년은 계속 함박웃음이다. 지나가는 차들을 쳐다보더니 갑자기 은행나무 아래 있던 비둘기를 따라간다. 화들짝 놀란 노인이 잡은 손에 다시금 힘을 준다. 청년의 이름을 크게 부르며 그러면 안 돼, 하고 달래듯 다그친다. 나는 조용히 그들의 뒤를 따라간다.

세상에서 가장 아름다운 커플의 뒤태를 훔쳐보며 나는 그들이 오랜 시간 서로의 손을 잡아주길 진심으로 바라본다. 인생사 만남이 있으면 헤어짐이 있기 마련이지만, 그들의 이별은 아주 먼 미래의 일이기를 희망한다. 갑자기 엄마가 보고 싶다.

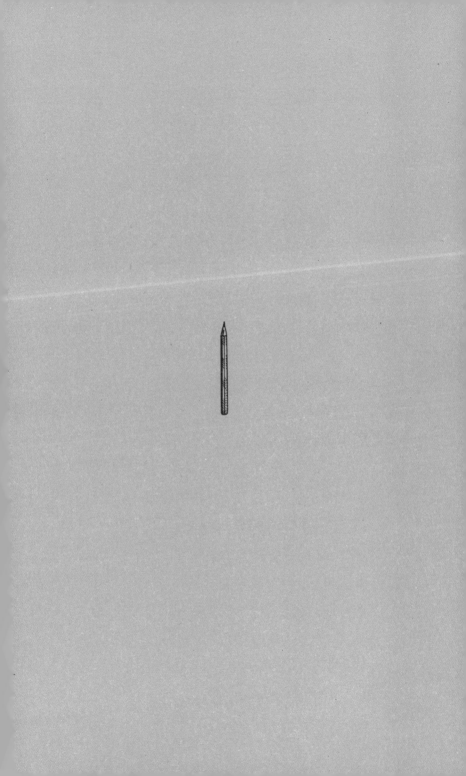

2
장

**'경험'을 통한
글쓰기**

라이트라이팅은 삶을 기록하는 행위다. 인생에서 겪는 모든
일이 글쓰기의 소재가 된다. 우리는 세상을 살아가며 수많은
사람을 만나고, 다양한 경험을 한다. 좋거나 나쁘거나, 기쁘
거나 슬프거나, 이상하거나 아니면 그저 그렇거나. 이번 장
은 경험하며 지나온 삶의 순간을 기록한 에세이다. 다이내믹
하고 버라이어티한 일만 쓸 필요는 없다. 인생은 작고 평범한
순간으로 채워져 있다. 그것을 쓰면 된다. 설사 좋은 일이 아
니어도 괜찮다. 나쁜 일에서 무언가를 분명 배웠을 테니까.

동네 상가 2층 구석 음식점 자리.

이곳은 두 동이 연결된 구조인데다 건물이 길쭉해 입구에서 식당까지 거리가 제법 된다. 도로에서는 창문으로 식당 내부가 잘 보이지만, 막상 그곳에 가려면 엘리베이터에서 내려 한참을 걸어야 한다. 아니 무슨 식당이 이렇게 접근성이 떨어지냐. 관찰자 입장에서 팩폭을 날리자면 음식점으로서의 입지는 정말 꽝이다.

많은 업종이 이곳을 스쳐 지나갔다. 자영업을 경험하지 못해 추측만 할 뿐이지만, 식당 간판이 바뀌고 인테리어 자재들이 옮겨질 때마다 보는 이의 마음도 편치가 않다. 여기 또 망했네. 위치도 안 좋은데 왜 들어와서 고생만 하다 나가누. 그도 그럴 것이 2년 동안 세 번이나 바뀌었다. 처음에는 코다리 전문점 그리고 삼겹살, 그다음엔 돼지갈비. 아무튼 셋 다 장사가 안 됐다.

그곳에 '칼국수 샤부샤부'가 들어온 건 몇 주 전이었다. 큼지막하고 새하얀 간판이 눈에 쏙 들어온다. 어라, 저기 또 바뀌었

138

네? 이번엔 얼마나 갈까? 동네에 샤부샤부 집이 없었는데 나중에 한번 가 봐야겠다. 딱 거기까지. 그러고는 금세 까먹어버렸다.

퇴근을 하고 모처럼 가족들과 외식을 하기로 했다. 메뉴는 칼국수와 샤브샤브. 첫 방문이지만 익숙한 장소. 세 식구는 상가 2층을 지나 구석에 자리한 칼국수 샤부샤부 집에 들어갔다.

입구에 놓인 '대박 나세요' 화환과 깔끔한 분위기가 우리를 맞이한다. 이른 시간임에도 몇몇 테이블에 손님이 앉아 있다. 창가 자리에 앉아 맑은 육수 칼국수와 소고기 샤부샤부를 주문하니 이내 커다란 뚝배기에 시퍼런 것들이 잔뜩 담겨 나온다.

'아니, 이것은! 미…… 미나리다. 오 내가 가장 좋아하는 미나리!'

통상 샤부샤부에는 배추 상추 청경채 기타 채소가 나오는데, 싱싱한 미나리가 그렇게 반가울 수 없다.

'이 녀석이 혈액 순환에 그렇게 좋다지?'

펄펄 끓는 육수에 미나리가 춤을 춘다. 적어도 내 눈에는 그렇게 보였다. 진짜다. 기분이 어땠는지 말해 뭐해. 달짝지근 간장에 푹 찍어 입속으로 털어 넣었다. 와, 그냥 대박이라고 하기엔 부족하다. 완전 맛있잖아! 곧바로 사장님을 불렀다.

"여기 소주 한 병 주세요."

이 메뉴에 소주가 빠지면 역주행 반칙이다. 심지어 김치도 맛있다. 결국 소고기와 채소를 추가했고 칼국수에 볶음밥까지 완벽히 제거하였다. 미션 컴플리트. 굉장히 굉장하게 만족스러운 저녁이었다.

미나리에 환장해 있을 즈음 계속해서 사람들이 들어왔다. 대부분 가족 손님이었다. 육아기 필수 메뉴 샤부샤부에다 맛까지 좋으니 장사가 안 될 수가 없다. 접근성이 떨어지네, 입지가 꽝이네, 하며 입을 털었지만, 이곳은 잘된다. 그 이유는 딱 하나다.

본질.

만족스러운 식사를 마치며 깨달았다. 이곳은 음식점의 본질에 충실한 곳이라고. 외식업의 본질이 무엇인지 정확하게 설명할 수는 없지만, 손님의 관점에서 좋은 음식점이란 그저 맛있고 깨끗한 곳이 아니던가? 맛과 위생을 기본으로 친절에 가성비까지 추가된다면 그야말로 좋은 식당이니, 가지 않을 이유가 없다. 매번 망해서 나가는 자리라고? 괜찮다.

본질에 충실하면 된다.

비단 식당에만 국한된 얘기일까. 애매한 접근성을 실력으로 극복해버린 샤부샤부 집을 보면서, 나의 본질이 무엇일까 심각한 고민에 빠졌다. 내가 제일 잘하는 게 뭐지? 회사 일? 아니면 알량한 글쓰기? 남은 삶 동안 나는 어떤 본질을 찾아야 할까? 무엇으로 최고가 될 수 있을까? 만약 그것이 쓰는 일이라면, 앞으로 어떻게 노력해야 할까? 이럴 줄 알았으면 좀 더 일찍 한 가지에 매달릴걸. 잘하지도 못하면서 이곳저곳 기웃거린 내가 부끄럽기 그지없다. 그래도 희망은 있다. 이제부터라도 한 가지에 집중해 보자. 어쩌면 본질이 될지도 모르니까 말이다. 언젠가 내가 전업 작가가 된다면, 모두 샤부샤부 때문임이 분명하다.

빵빵해진 배를 부여잡은 채 계산대 앞에 섰다. "28,000원입니다"라는 말에 미소를 지으며 답한다. 사장님 소주가 빠졌네요. 아름답게 음식값을 결제하고 카드를 받으며 뜬금없이 그에게 내 마음을 전해야겠다고 생각했다. 저…… 사장님, 너무너무 맛있었고 우리 아이도 잘 먹었고 미나리와 김치도 아삭했으며 직원들도 친절하셔서 좋았다……라는 다소 길고 민망한 멘트를 한 문장으로 바꿔 말하고 나왔다.

"다음에 또 올게요."

날이 춥다. 거기에 바람까지 부니 제대로 겨울이 온 것만 같다. 이봐, 강원터strong winter 씨, 이제 겨우 12월 첫날이란 말이다. 조금만 천천히 와주면 안 되겠니? 내가 추위를 많이 타는 체질이라 그런 건 아니다. 사실 더위도 엄청 많이 탄다.

변온동물 유전자 덕에 바야흐로 가장 버티기 힘든 계절을 보내고 있지만, 최근 들어 겨울이 올 때마다 한 가지의 불편함이 추가되었으니, 그것은 바로!

마스크 때문에 안경에 김이 서려서 앞이 안 보인다.

안경 쓴 사람이라면 누구라도 공감할 것이다. 엄청 신경 쓰인다고! 숨을 내쉴 때마다 안경이 뿌옇게 되어 버리니, 이건 뭐 흰색 선글라스도 아니고(차라리 선글라스는 앞이라도 볼 수 있지) 숨 쉴 때마다 눈뜬장님이 되는 느낌이랄까?

물론, 나도 가만히 있진 않았다. 그동안 여러모로 노력해 봤다. 주방세제로 안경을 씻으면 괜찮다고 해서(누구냐 혼내주겠다) 어림 반 푼어치도 없더라. 어떤 이가 추천해주길래 김

서림 방지 용액과 전용 클리너도 써 봤으나 잠깐뿐이다. 오히려 안경에서 물이 뚝뚝 떨어진다. 이럴 바에야 차라리 안경을 벗고 다니는 게 정신 건강에 좋겠다. 하여간 온도 차에 의해 발생하는 자연의 섭리 앞에 인간은, 아니 안경 쓴 인간은 한낱 나약한 존재일 뿐이다.

출장 가는 날.

일찌감치 나와 버스를 기다리고 있다. 오늘도 엄청 춥다. 두 손을 주머니에 넣은 채 숨을 헐떡거리니 여지없이 안경에 김이 서린다. 숨을 들이마시고 내쉴 때마다 도로 앞 풍경이 나타났다 사라진다. 정류장 유리에 비친 내 모습이 우스꽝스럽다.

버스에 올라탔다. 안으로 들어왔더니 안경에 낀 성에가 순식간에 사라졌다. 그리고 더는 생기지 않았다. 숨을 내쉴 때 온도와 버스 내부의 온도가 비슷하기 때문이다. 그렇지. 온도 차가 없다면 김이 서릴 일이 없겠지.

문득 한 사람이 떠올랐다. 나와는 완전히 다른 온도를 가졌던 사람. 그래서 그와 나 사이에는 늘 뿌연 성에가 끼어 있었다. 생각도, 성향도, 행동도 달랐던 그가 미웠다. 나는 그를 보려고 하지 않았다. 아니, 볼 수 없었다. 차가워진 마음에 서린 김이 굳어져 그의 앞에 날카로운 벽이 되었기 때문이리라. 그제야 조금씩 느낄 수 있었다. 관계가 틀어진 이유는 어쩌면 전부 내 탓일지도 모르겠다고.

온도를 맞추려고 노력하지 않으면 눈에 김이 서린다.

누구나 자신의 온도를 가지고 산다. 각자의 온도가 다르기에 사람과 사람 사이에는 언제나 김이 서려 있다. 마치 뿌연 안경을 쓰고 인간관계를 시작하는 셈이다. 시간이 지나면 이 뿌연 성에는 사라지기도, 더 두꺼워지기도 할 것이다.

그를 떠올리며 생각했다. 어쩌면 나는 지금까지 새하얀 선글라스를 낀 채로 타인을 바라보고 있던 건 아니었을까. 김 서린 안경이 시야를 방해하듯, 드러나는 몇 가지 모습만으로 사람을 재고 판단하고 평가해 오지 않았을까. 내 온도를 높일 노력은 시도조차 하지 않은 채로.

지나간 인연까지야 어쩔 수 없겠지만, 적어도 지금 내 옆에 있는 사람들 그리고 이제부터 새로이 만나는 사람들에게는 무엇보다 '온도를 잘 맞춰 보자'라고 다짐했다. 그런데 온도를 어떻게 맞추지? 별수 있나. 방법은 하나밖에 없다. 내 온도를 높이는 거다.

그래. 내 눈에도 그들의 눈에도 김이 서리지 않게 하는 방법은 내가 먼저 따뜻한 사람이 되는 것뿐이다. 이 나이에 이런 말 쓰는 게 참으로 쑥스럽고 닭살 오백 개에다 오두방정인 거 안다만, 이제부터라도 나는 '레알 따스한' 사람으로 살고 싶다. 추우니까. 겨울이니까.

지하 세계에서 생긴 일

경험 : 출근길 지하철

평소보다 조금 일찍 일어났다. 엊저녁 술 약속이 있어 차를 회사에 두고 왔다. 고로 오늘은 대중교통으로 출근하는 날이다. 오랜만에 타는 지하철이니, 신경 써서 옷도 입고 머리도 하고. 나도 안다. 그래 봤자 거기서 거기라는 사실을.

열차 시간을 보니 42분 다음에 49분이다. 부지런히 움직이면 앞 열차도 탈 수 있겠지만, 필시 사람이 많을 테니 한 대 보내고 다음 열차를 타자. 우리 역은 출발점에서 멀지 않아 빈자리가 한두 개쯤 나온다. 시간도 많으니 조금 더 기다렸다가 편하게 앉아서 가자!

열차를 보내고 게이트 앞에 자리를 잡고 섰다. 문이 열리면 내가 1번 주자가 될 것이다. 다시 말해 빈자리가 있으면 무조건 앉을 수 있는 포지션이라고 생각했는데, 나보다 늦게 와서 옆에 서 있던 여자가 자꾸 내 쪽으로 오는 느낌이다. 뭐지? 인터셉트인가?

위기다. 머릿속에 빨간불이 켜졌다. 저기요, 제가 먼저 왔는데 그쪽이 가운데로 오시면 어떡합니까? 제가 1번이잖아요.

마음으로 아무리 외쳐 봤자 공허한 메아리다. 열차가 들어오는 소리가 들리자 그녀의 행동은 더욱 대범해졌다. 스크린도어 정중앙까지 온 것이다! 젠장. 이 여성에게 자리를 뺏길 수도 있겠다는 불안감이 물밀듯 몰려왔다. 등줄기에 식은땀이 흐른다.

요란한 소리와 함께 열차가 들어온다. 재빨리 매의 눈으로 창문 안쪽을 스캔했다. 마주 보는 오른쪽 3번 자리가 비어 있다. 하나뿐이다. 마음으로는 벌써 내 자리로 찜콩했지만, 이제 2번 주자로 밀려났기에 저 목표물을 점령할 수 있을지 불분명하다. 스크린도어 열리는 게 이렇게 떨리는 일이었던가. 심장이 헐레벌떡거린다.

카트라이더가 출발대 위에 선 기분. 3, 2, 1, 땡! 하고 머릿속에 종소리가 울렸다. 예상대로 인터셉터가 먼저 열차에 입성했다. 어라? 그녀가 왼쪽으로 간다. 아하! 목표 지점이 서로 달랐군요! 오해해서 미안합니다. 아무튼 좋다. 이제 점찍어 둔 자리로 가면 된다. 어차피 내가 1번이다. 없어 보이게 뛰지 말자. 나는 교양 넘치는 현대 문명인이 아닌가.

그때였다. 오른쪽에서 엄청난 소리가 들렸다. 집채만 한 덩치의 남자가 쿵쾅쿵쾅 뛰어온다. 무섭다. 부딪히면 다칠까 잠시 멈칫했다. 뒤늦게 나를 발견한 그도 멈칫하더니 찜해 놓은 반대편 빈자리로 내달렸다. 이쪽에 자리가 하나 더 있었네? 진짜 다행이다. 오늘 재수가 좋다고 해야 하나? 흐뭇한 미소를 지으며 빈자리 앞에서 가방을 벗으려던 찰나였다.

퍽! 어어?

왼쪽 어깨 사이로 시커먼 게 휙 지나갔다. 나는 시커먼스에게 어깨빵을 당해 밀려났다. 돌아보니 길쭉한 얼굴에 안경 너머 새우처럼 작은 눈을 끔뻑거리는 남자가 내 자리에 앉아 있다. 순식간에 일어난 일이었다. 뭐…… 뭐지 이 황당한 상황은? 너무 당황스러워서 말이 안 나온다. 이것이 말로만 듣던 지하철 칼치기인가?

가까스로 정신을 차리고 내 자리를 뺏은 그 남자를 바라…… 아니 노려봤다. 그는 나를 힐끗 올려다 보더니 아무것도 모른다는 표정을 지으며 스마트폰 삼매경에 빠졌다. 뒤통수를 한 대 때려주고 싶었지만 나는 교양 넘치는 현대 문명인이라고 하지 않았던가. 마음에 스크래치가 오 천 개 정도 생겼어도 이미 벌어진 일이다. 멱살 잡고 싸울 거 아니면 그냥 참자. 결국 한 번 앉지도 못하고 지옥철을 만끽해야 했다.

탈탈 털린 하루가 지났다. 집에 돌아와 아내에게 아침에 있었던 얘기를 꺼냈다. 억울해 죽겠다는 표정으로 버라이어티한 스토리를 있는 그대로 전달했다. 내 말에 동조해줄 줄 알았던 아내가 대뜸 이런다.

"당신이 잘못했네."

이 무슨 뚱딴지같은 소리인가.

"아니, 내가 뭘 잘못했어? 새치기 한 그놈이 나쁜 거지."

"아니야. 당신은 이미 행동이 틀렸어. 만원 지하철에서 빈자리를 앞에 두고 설렁설렁 움직인다? 게다가 선 채로 가방을 벗는다? 안 돼. 그런 마음가짐으로는 절대로 앉을 수 없어. 거기가 어딘데, 세상 치열한 밀림의 왕국에서 그런 애매한 자세는 딱 잡아먹기 좋다고."

"우쒸, 그러면 안 되는 거야?"

"당연하지. 문명인이고 지성인이고 다 필요 없어. 지하 세계에서는 그게 국룰이야. 옛날에 기사 못 봤어? 빈자리에 앉으려고 엉덩이를 댔는데 어떤 사람 무릎에 앉아버렸다는."

"와, 나 그 얘기 듣고도 안 믿었는데. 오늘 보니 이게 진짜 현실에서 벌어질 수 있는 일이겠구나 싶다. 진짜 치열하더라. 장난 아니었음."

"맨날 얘기했잖아. 아침마다 눈치 전쟁이라고."

"맞아. 난리도 그런 난리가 없었어. 처음에는 나보다 늦게 온 사람이 자꾸 가운데로 와서 긴장 타게 하지, 문 열리니까 오른쪽에서 무서운 사람이 뛰어오지, 간신히 물리치고 보니 내 자리에 엉뚱한 사람이 앉아 있네?"

"간만에 지하 세계에서 참교육 받았네. 이제 알겠지? 앉고 싶다면 망설이지 마."

오랜만에 정신 교육 제대로 받았다. 넋이 반쯤 나간 듯 머리가 어지럽다. 웃자고 쓴 에피소드지만, 아내가 건넨 마지막 말이 오래도록 마음속을 맴돌고 있다. 앉고 싶다면 망설이지 마라. 목표 앞에서 굼뜨지 마라. 어쩌면 인생의 많은 일이 이 간단한 문장 하나로 표현되지 않을까? 갈 길 정했으면 다른 데 보지 말고 곧장 가야 한다. 잘하고 싶은 분야에 집중하고 열심히 노력해야 한다. 아, 물론 지하철 빈자리 따위야 얼마든지 양보해도 괜찮겠지만 말이다.

코빵 그리고 신세계

경험 : 이비인후과에서 받은 뜻밖의 진찰 결과

밤새 아팠다. 어제부터 비염 증세가 심해졌다. 콧물이 질질 흘렀고, 재채기가 났고, 목에 이물감이 느껴져 잠도 제대로 못 잤다. 여기에 덥고 습하고 땀나고 짜증 나고, 몸이 맛탱이가 가는데는 다 이유가 있다.

어쨌거나 출근해야 한다. 일어나려는데 머리가 띵하다. 아닌데. 이건 띵한 게 아니라 아픈 건데. 목도 칼칼하고 가래도 조금…… 뭐지 이거? 나 또 코로나 걸렸나? 결국 예정에 없던 연차를 썼다. 에라 모르겠다. 머리가 아프니, 아무것도 할 수 없다. 일단 자자. 잠이 보약이다.

다시 눈을 떴지만 여전히 상태가 별로다. 병원에 가 봐야겠다. 코로나 검사도 하고 약이라도 타 와야지. 쇳덩이를 짊어진 것 같은 몸을 간신히 일으켰다. 어영부영 세수하고 반바지에 슬리퍼 차림으로 집을 나섰다.

"코로나 검사받으실 거죠? 증상은 있으세요?"

동네 이비인후과. 성격 쿨하신 원장님이 나를 반긴다.

"어제부터 머리 아프고 목 아프고 콧물 나고 가래도 있고."

"아이고, 백 프로네. 언제 걸렸었죠?"

"음, 3월 초예요."

"4월에 확진되신 분도 재확진되고 그래요. 이거 계속 난리야 난리. 아무튼 앉으시고. 마스크 살짝 내리세요."

(쑤시는 중)

"으어어어, 훌쩍 질질⋯⋯."

"다됐어요. 아프게 찔러서 미안해요."

"아으어어아닙니다. 괜찮습니다아으으."

(15분 후)

"축하드려요. 음성입니다."

네? 네⋯⋯ 재확진이 아니라서 다행이긴 한데. 원장님 저 너무 아파요. 검사실을 나와 진료실로 이동했다. 원장님이 이름 모를 기구를 들고 콧속을 들여다본다.

"휘었네."

"네? 뭐가 휘어요?"

"숨 쉴 때 불편하지 않았어요? 코가 늘 막혀 있었죠?"

"자주 막히긴 했는데, 그렇게 불편한 적은 없었⋯⋯."

"코가 원래 되게 멍청해요."

"네?"

"화장실 들어가면 처음엔 냄새나죠. 근데 금방 없어져요. 코는 적응력이 엄청 빨라서 우리가 잘 못 느껴요."

"아……." (근데 원장님 방금 코가 멍청하다고 말씀하셨…….)

원장님은 쉴 새 없이 설교를 이어가며 내 코에 무언가를 뿌리고, 쑤시고, 닦고, 조이고, 기름칠한다. 막혀 있던 코가 금세 뚫리는 느낌이다.

"지금은 어때요?"

"오, 좋아요!"

"환자분 코뼈가 왼쪽으로 휘어 있어요. 몰랐어요? 그래서 코가 자주 막히고 비염이 생기는 거예요. 지금 양쪽 다 뚫렸죠? 숨 한번 쉬어 보세요. 어때요?"

"엄청 좋은데요. 새로운 세상을 만난 것 같아요."

"다른 사람은 다 그렇게 숨 쉬고 살아요. 그 세상을 환자분만 몰랐던 거지."

"아……."

코로나 검사를 받으러 왔다가 코를 쑤시고 코를 들여다보니 코뼈가 휘어 있다는 사실을 처음으로 알게 되었다. 제기랄, 그간 모진 비염과 부비동염과 콧물과 재채기는 다 여기서 비롯된 것이었던가. 진료를 마치고 감사하다고 인사하는 내게 원장님은 아주 간단한 시술로 내 코를 낫게 해줄 수 있다며 나중에 날 잡고 한번 오라고 하셨다. 마케팅도 탁월하신 원장님! 정말 최곱니다.

얼마 못 가 원래 상태로 돌아오긴 했지만, 약효가 지속되는 동안 숨쉬기가 참 편했다. 콧구멍이 두 개 다 뚫려 있으면 이렇게 시원하다는 것도 예전엔 몰랐다. 나는 늘 한쪽 코가 막혀 있었고, 원장님 말마따나 멍청한(=적응력이 강한) 코 때문에 그걸 정상이라고 믿어 왔을 뿐이다. 갑자기 소름이 돋는다.

컨디션이 100이었던 사람이 60인 상태에 오랫동안 머무르다 보면 결국 60이 보통이고 일상이 된다. 고통은 삶의 한 부분이 되고 좋았던 상태로 돌아가겠다는 열망과 변화에 대한 마음은 조용히 자취를 감춘다.

내 손으로 적어 놓았던, '학습된 무기력'에 관한 글을 다시금 꺼내 보았다. 살아가면서 맞닥뜨릴 수많은 어려움 앞에서 무기력하게 앉아 있지 말자고 다짐했던 그날의 기억을 떠올리며 나는 한쪽 코로만 숨 쉬던 내 삶에 어느새 안주하고 있었음을 알게 되었다. 아닌데, 저기 새로운 세상이 있는데. 아까 잠시 경험했잖아? 시원하기 그지없던 뻥 뚫린 세계.

비단 내 콧구멍뿐이었을까. 그동안의 내 하루도, 삶도, 인생도 어쩌면 우물에 갇혀 한쪽 코로만 숨 쉬던 개구리의 모습이 아니었을까. 바깥에는 좋은 것들이 넘쳐나는데, 조금은 갑갑해도 여기가 최고라며 눈과 귀를 닫고 사는 무기력한 인간, 내 모습이 딱 그 짝이다.

　우물 밖으로 나가겠다고 마음먹은 지 길다면 길고 짧다면 짧은 시간이 흘렀다. 우물에서 쭈그리고 앉아 만든 사다리가 지금쯤 얼마나 길어졌을까. 과정이 즐거우면 되었다고, 조금 느려도 괜찮다고 했던 말이 오늘은 왜 이렇게 미운지 모르겠다.

시간이 흐른다. 숨을 쉬고 싶다. 뻥 뚫린 세상에서. 그럴려면 조금 더 분발해야 한다.

노력해. 움직여.

　이 단순한 진리를 더는 까먹지 말아야겠다.

일요일 새벽 무인 카페에서

경험 : 24시 무인 카페에서 생긴 일

일요일 새벽, 말똥말똥 눈이 떠졌다. 더 잘까 말까를 15초 동안 고민하다 두 다리를 번쩍 들었다. 스프링 반동으로 한 번에 일어나야 잠이 깨는 법. 노트북을 챙겨 초등학교 근처에 24시간 운영하는 무인 카페를 향해 열심히 자전거 페달을 밟는다.

엎어지면 코 닿을 곳에, 게다가 이 새벽에 머무를 공간이 있다는 건 축복이다. 무인이라고 얕보지 말라. 기계가 뽑아주는 커피도 나름 맛있으니까. 아메리카노 따위는 먹을 줄 모르고 무조건 '달달구리'를 지향하는 믹스커피 애호가지만 3,000원짜리 카페모카는 그야말로 최고의 메뉴다.

주문하는 법도 이젠 익숙해졌다. TMI지만 친절하게 알려주겠다. 먼저 1번 기계에서 메뉴를 선택한다. 아이스 카페모카를 누르고 결제하면 2번 기계에서 컵이 나온다. 3번 기계에 컵을 올리고 버튼을 누르면 잘게 갈린 얼음이 쏟아져 내린다. 다시 1번으로. 윙~ 하는 소리와 함께 커피가 완성되었다. 자, 이제 카페인 섭취하고 제대로 글 좀 써 보자!

그런데……

왜 이렇게 밍숭맹숭하지? 지난번에 먹었던 카페모카는 진하고 달콤해서 마음에 쏙 들었는데. 모카 시럽이 하나도 안 들어있다. 아하, 내가 메뉴를 선택할 때 카페모카 옆에 있는 카페라떼를 눌렀나 보다. 가격이 같아서 헷갈렸나. 어쩔 수 없이 그냥 먹어야겠다.

(1시간 후)

글은 하나도 못 쓰고 딴짓만 했다. 슬슬 카페인이 떨어져 간다. 사실 카페인보다는 당이 부족한 거다. 계획된 메뉴를 섭취하지 못했다는 아쉬움이 마음을 채운다. 한 잔 더 마셔 말어? 아침 7시에 하는 고민치고는 좀 생뚱맞지만, 그래 오늘만 날이지. 카르페디엠 아니겠나. (응?)

다시 커피머신 앞에 섰다. 이번에는 실수하지 말고, 정확하게 아이스 카페모카를 눌렀다. 똑같은 과정을 거쳐 세컨드 커피가 완성되었다. 당 떨어진 나는 급하게 빨대를 꽂고 시원하게 한 모금 들이마셨다. 진또배기 카페모카의 맛을 상상하면서.

이럴 수가. 아까랑 같은 맛이다. 아니 이번엔 제대로 주문했잖아! 그렇다면 기계가 잘못되었다는 말인데, 모카 시럽이 떨어진 게 맞네, 맞아. 아휴. 기계에 대고 항의할 수도 없으니 이걸 어쩐담? 그냥 먹고 떨어져? 아니야. 돈도 돈이지만 다른 사람도 이럴 수 있으니 사장님한테 얘기해야 하지 않을까? 가게

곳곳을 살폈다. 다행히 와이파이 비번이 적힌 종이 아래 연락처가 있다. 조금 이른 시간이지만 나도 곧 일어나야 하니 문자를 보내 놓자.

사장님, 이른 시간에 죄송합니다.
카페모카를 눌렀는데 그냥 라떼가 나옵니다.
혹시 해서 두 잔 해보았는데 계속 이러네요.
ㅜㅜ

아직 자는지 회신이 없다. 모르겠다. 내 할 일 끝냈으니 이제 집에 가야겠다. 집에 돌아와 아침밥을 먹고 이런저런 집안일을 하는 사이 아침의 일은 까맣게 잊었다.

10시쯤, 스마트폰 진동이 울렸다. 카페 사장님이다. 연신 죄송하다고 말하는 그에게 아니라고, 괜찮다고 답했다. 사실 뭐 크게 불쾌하지도 않았으니까. 이따가 가게에 들러 부족한 것을 채워 놓겠단다. 그리고 모바일 쿠폰을 드릴 테니 다음에 가서 꼭 드시라고. 아니 사장님 저는 라떼도 맛있게 먹었으니 안 주셔도 됩⋯⋯ 그냥 받는 게 예의겠지? 쿠폰 앞에 흔들리는 나를 이해해달라.

감사 인사를 끝으로 통화를 마쳤다. 1분도 안 되어 문자메시지가 들어왔다. 어라? 쿠폰이 무려 세 장이다. 전화를 못 받아서 죄송한 마음으로 한 장 더 보냈다는데. 사장님 저는 전화를 한 적이 없…… 그냥 받는 게 예의겠지? 줄곧 흔들린다.

얼굴도 모르는 사장님과의 문자를 곱씹으며 생각한다. 아침 댓바람부터 좋지 않은 일이 생겨도, 거기에 온갖 분노 에너지를 들이붓지 않아도 괜찮겠다고. 뜻대로 되지 않은 세상에 굳이 날 세울 필요는 없겠다고. 정면으로 맞서지 않아도 된다. 우리 삶에는 사실, 슬쩍 흘려버려도 괜찮은 일이 가득하니까.

　오늘 받은 쿠폰 덕분에 다음 주말에도 새벽에 일어나야 할 것 같다. 글쓰기의 동력을 제공해주신 사장님께 감사의 말씀을 전한다. 주말에 마실, 달달구리 아이스 카페모카를 기다리며. 그리고 나 대신 전화한 사람…… 생유베리감사.

걱정이 많아서 걱정인 당신께

경험 : 업무 실수로 날아갈 뻔한 휴일의 깊은 깨달음

'주말은 주말인데 왜 이렇게 주말 같지 않을까.'

이유는 따로 있었다. 금요일 퇴근 직전, 최근 처리한 업무 중에 나의 과오로 미흡한 자료가 제출되었음을 알게 되었다. 나름대로 꼼꼼하게 챙겼다고 생각했는데. 나도 모르게 생긴 실수를 마주할 때마다 기분이 별로다.

덕분에 아주 아주 오랜만에 주말에도 마음이 출근했다. 주말 내내 일 걱정으로 온전히 쉬지 못했다는 뜻이다. 그렇게 회사와 거리두기 하자고 다짐해 놓고. 여전히 나는 연약한 인간 나부랭인가 보다.

어영부영 하루가 지나고 일요일이 되었다. 오늘만큼은 회사 생각하지 말고 아이와 온전하게 놀아줘야지. 일찌감치 옆 동네 물놀이 공원에 도착했다. 후끈한 날씨에 땀이 줄줄 흐르지만, 아이들에게는 이곳이 천국이다. 커다란 통이 뒤집히자 물벼락이 쏟아진다. 아우 시원해! 신난다!

그런데 웬걸. 미끄럼틀 타는 아이를 보며 또 회사 생각이 났다. 하아…… 이제는 화가 난다. 진정으로 신경끄기의 기술을

섭렵할 수는 없는가. 욕을 먹더라도 내일이 지나야 먹을 텐데, 아니 그조차도 불분명한 일인데 나는 왜 이렇게 일어나지도 않은 일을 가지고 불안과 두려움에 떨고 있을까. 아빠가 딴생각하는지 귀신같이 알아챈 아들 녀석이 내 손을 잡아끌며 말했다.

"아빠, 우리 또 물벼락 맞으러 가자!"

시원한 물줄기를 맞으면서도 몇 번 더 회사 생각이 나타났다 사라졌다. 내가 싫다. 그나저나 이 증상은 회사를 그만둬야 고쳐지려나. 다른 방법은 없을까? 일과 회사를 완벽하게 분리할 방법을 골똘히 생각하던 중 물이 멈췄다. 잠시 쉬는 시간이다. 그런데…….

배, 배가 아프다. 아뿔싸. 이것은 분명 '급똥' 신호다. 잠깐만. 공원에 이동식 화장실이 있지만 옷이 완전히 젖은 상태라 영 찝찝하다. 그냥 집으로 가야겠다. 뭐 10분 정도는 참을 수 있겠지? 다행히 아이도 실컷 놀았는지 이제 배가 고프단다. 오케이. 차에 짐을 싣고 시트에 수건을 깔고 집으로 출발했다.

몇 분이나 지났을까. 큰일이다. 속이 부글부글 끓는다. 배 아파 죽겠다. 살려줘, 미치겠어! 이런 느낌 사실 평생 처음이야. 괄약근에 온 말초 신경이 쏠리고, 핸들을 잡은 손이 부들부들 떨린다. 아, 안 돼. 조…… 조금만 더. 곧 도착이야. 힘내…… 참아야 해. 내가 웃는 게 웃는 게 아니다.

사태가 심상치 않음을 깨달았는지, 뒷자리에 있던 아내가 걱정스레 말했다.

"심해? 참을 수 있겠어? 일단 차만 세우고 바로 올라가! 짐은 내가 챙겨서 갈게."

"으어으어." (알았다는 뜻.)

몇 번의 고비를 넘기고 간신히 아파트 입구에 도착했다. 뒤돌아볼 겨를도 없이 엘리베이터를 탔다. 근데 뒤따라온 7층 부부가 같이 탄다. 아! 이런…… 평소엔 너무 좋은 분들인데 오늘은 그저 밉다. 그들이 내리고 미친 사람처럼 닫힘 버튼을 두들겼다. 이 와중에 우리 집은 꼭대기. 집을 잘못 구했다는 생각까지 들었다. 그리고 찾아온 마지막 고비. 흐어어어엉. 다리를 꼬아 괄약근이 정신줄을 놓지 않도록 불잡는다. 세상 힘들다.

다행히 불상사(?)는 일어나지 않았다. 그리고 나는 몇 분 만에 세상에서 가장 행복한 사람이 되었다. 그와 동시에 방금까지 회사 걱정으로 안절부절못하던 내 모습이 떠올랐다. 와, 피식 웃음이 나온다.

'야! 일어나지도 않은 일 걱정하지 말고 네 뱃속이나 신경 써.'

이 얼마나 거룩한 교훈인가. 소름 돋았다. 어쩌면 오늘의 에피소드는 당장 닥친 문제에 집중하라는 고결한 가르침이 아니었을까. 회사? 이미 지난 일이다. 내가 어찌할 수 없다. 내일? 어떻게 될지 모른다. 내가 어찌할 수 없다. 컨트롤할 수 없는 문제를 가져와 머리를 굴려 봤자 아무것도 못한다. 그것보다는 지금 닥친 '급똥'이 훨씬 더 중요하다.

알겠다. 화장실을 해우소(解憂所)라고 부른 조상님의 지혜를. 어찌할 수 없는 과거와 미래에 대한 걱정으로 소중한 에너지를 소비하지 말고, 지금 여기에 집중하는 삶의 지혜를 깨닫고 나오는 곳. 이곳이 해우소가 아니면 무엇이겠는가.

행복한 표정으로 문을 열고 나오자 아이가 말을 건다.

"아빠, 쌌어?"

"하하. 인마. 안 쌌어. 아빠를 뭐로 보고. 어?"

"다행이다. 난 또……."

"으이구, 이놈아."

아이의 머리를 가볍게 쥐어박으며 생각했다. 그래. 네 말대로 진짜 다행 맞다. 세상 어디에서도 배울 수 없는 깨달음을 얻었으니까 말이다.

3
장

'행복의 감정'을
통한 글쓰기

시간을 뭉뚱그려 기억의 구석에 처박아 놓으면 그것은 달력에 쓰인 숫자 그 이상도 이하도 아니다. 글쓰기는 시간을 기록하는 일인 동시에 그것을 현재로 가져오는 행위. 자칫 잃어버릴 수 있었던 삶의 순간과 어물쩍 지나쳐버리고 몰랐을 행복의 의미를 붙잡는 두는 작업이다. 하루하루 발견한 행복을 겹겹이 쌓아가는 일, 그것은 나를 사랑한다는 말과 다르지 않다. 나는 비로소 글을 쓰면 행복해진다는 말이 거짓이 아님을 알게 되었다.

새벽 2시. 머리에서 흐른 땀이 귀 쪽으로 흐른다. 흠칫 놀라 잠에서 깼다. 아우, 더워. 자기 전에 맞춰 놓은 선풍기가 충실하게 시간을 지켰나 보다. 몸은 거짓말하지 않는다. 이 덥고 습한 날씨는 대체 무엇인가! 아직 6월인데 열대야라고? 기온도 그렇지만 축축한 날씨에 더 축축해진 베개를 보고 있자니 오만 짜증이 다 몰려온다. 가만, 우리 집에 나보다 더 땀 많은 인간이 한 명 더 있었는데. 아니나 다를까 옆에 잠든 아이의 머리카락이 방금 샤워를 마친 모습이다. 더위에 잔뜩 찌푸린 얼굴인데 졸려서 잠은 자야겠고, 얘도 지금 정상이 아니다.

안 되겠다. 거실로 나와 습도 99%의 공기를 차단하고(창문을 닫았다는 뜻) 에어컨을 틀었다. 매트 위에 이불 한 장 깔고, 땀범벅이 된 아이를 들고 나와 눕혔다. 역시 에어컨 바람이 최고다. 용광로같이 뜨겁던 두 남자는 남극에서 불어오는 찬바람을 만끽하며 다시 잠들었는데.

눈이 번쩍 떠졌다. 시계를 보니 새벽 5시. 고작 3시간 잤다. 이번에는 더워서 깬 게 아니다. 눈이 부시다. 안방에는 암막 커른이 쳐져 있지만 거실엔 없다. 하지(夏至)가 금방 지났으니 해가 무지하게 길다. 그와 동시에 수면의 질도 떨어진다. 산 넘어 산인가. 더위를 피해 왔더니 너무 밝다. 큰일이다. 이런 식으로 가다간 여름 내내 엄청난 고생이 예상된다. 대책을 마련해야 한다.

잊고 있었다. 작년 여름에도 그랬다. 지금과 똑같은 상황과 문제 앞에 선택했던 처방전은 안방에 있는 암막 커튼을 떼어 거실에 달아버리는, 다소 무식한 방법이었다. 아, 귀찮은데. 그렇다고 또 커튼을 살 순 없고. 주말 내내 머리를 싸매고 있는 내게 아내가 혀를 끌끌 차며 말했다.

"어이구, 커튼 떼는 게 싫으면 그냥 안대를 써 안대를. 수면 안대!"

"아니 그렇게 좋은 방법이!"

"해를 가릴 수 없다면 눈을 가리면 되잖아."

"오오, 여보! 그거 완전 멋진 말인데? 나 이거 글로 써도 돼?"

"험험, 그러던가." (칭찬에 약한 여자였다.)

아내 말이 맞다. 창문을 가리든 안대를 쓰든 결국 빛이 닿는 곳은 내 눈이다. 그러니까 모로 가도 도로 가도 눈만 가리면 되는 것이었다. 가만, 옛날에 캠핑을 위해 하나 사둔 게 있었는데. 서랍을 뒤지기 시작했다. 앗싸! 안대 발견!

다음 날 저녁, 침대에 깔린 토퍼와 이불을 통째로 들고나왔다. 귀찮지만 어쩔 수 없다. 어제처럼 땀은 땀대로 흘리고 잠은 잠대로 못 자기는 싫으니까. 조신한 자세로 거실 취침의 필수품 안대를 꺼내 안경을 벗고 정성스럽게 착용한다. 어둡다. 아무것도 안 보여! Feel So Good!

오랜만에 푹 잤다. 창밖이 밝아 오고 있었지만 안대 덕분에 내 눈에 보이는 건 시커먼 세상뿐이다. 이만하면 진짜 행복이 아닐 수 없다. 안방에 있는 커튼을 떼지 않아도 되겠다.

눈을 가렸더니 행복해졌다.

언뜻 이해하기 어려운 문장 앞에서, 어쩌면 인생의 많은 문제가 비슷하지 않을까 생각했다. 새벽녘 숙면을 방해하던 빛을 안대로 가려버린 것처럼, 나의 행복한 삶을 방해하는 많은 요소를 차단하는 방법 또한 존재하지 않을까?

요즘 뉴스를 잘 안 본다. 물론 세상 돌아가는 상황은 알아야겠기에 일주일에 한 번 정도는 뉴스 창을 뒤적거리지만, 주식 기사만 보면 속이 터진다. 그 외에도 마음을 어지럽히는 부정적인 기사에 신경을 뺏기는, 귀가 얇은 나의 습성을 알기에 어지간한 상황이 아니면 스마트폰 뉴스 창을 열지 않으려고 한다. 무분별한 정보의 바다 앞에 나름대로 '안대'를 착용해 버린 셈이다.

넘실거리는 외부의 자극과 충격 말고도 안대가 필요한 곳이 있다. 바로 내 마음이다. 눈만 감으면 떠오르는 걱정과 두려움, 불안의 감정, 싫은데 자꾸만 나타나는 내 싫은 모습, 교만, 질투, 위선, 비난, 욕심이 꿈틀거릴 때 성능 좋은 안대로 더는 그것들이 보이지 않도록 가려 버릴 수 있다면 얼마나 좋을까.

긍정적인 삶을 살겠다는 이 평범한, 그러나 실천하기 어려운 다짐을 이어가기 위해 나는 더 나은 가치에 신경을 쓰며 살아야 한다. 부정적인 감정에 빨려 들어가 허우적거리지 말고, 잽싸게 빠져나와 안대를 뒤집어쓰고 방어선을 구축하자. 매일 좋은 생각만 하며 살 수 없는 평범한 인간이지만, 아무리 생각해도 이쪽이 더 좋은 방향인 것 같다.

169

(나쁜 것들로부터) 눈을 가렸더니 행복해졌다.

좋은 것만 보고 좋은 생각만 하기. 그렇지 않은 것들은 나에게 닿기 전에 살포시 차단하기. 오늘 밤에도 안대를 쓰고 자야겠다. 비싸지도 않은 안대가 이렇게 좋을 수가 없다. 다시 보니 안대에 '스마일' 표시가 붙어 있다. 그래. 세상은 험하지만 나는 웃으며 살고 싶다. 스마일.

아저씨 먼저 가세요

롱 타임 노 런run.

이럴 수가. 쓰고 보니 매우 민망하다. 최근 달리기 관련 글을 쓸 때마다 저 문장으로 시작했던 것 같다. 그만큼 자주 달리지 못하고 있다는 뜻이다. 정신 차리라고. 그동안의 게으름을 뒤로 하고 퇴근하자마자 옷을 갈아입고 호수공원으로 향한다.

날씨가 참 '좋다'는 단어가 무색할 정도로 환상적이다. 아파트 옆 동 사이로 보이는 하늘이 불그스름한 게 노을이 지고 있다. 큰일 났다. 어두워지기 전에 반환점에 도착해야 한다. (인증샷을 찍어야 하므로) 평소보다 속도를 살짝 올리고 짜리몽땅한 다리를 바쁘게 움직인다.

호수를 따라 조성된 길에 사람이 가득하다. 걷는 사람, 뛰는 사람, 자전거 타는 사람, 강아지를 데리고 산책하는 사람……바지런히 뛰어가는데 저기 앞쪽에 나와 비슷한 복장을 한 아저씨가 숨을 헐떡이며 힘겹게 뛰어가는 게 보인다.

조금씩 가까이 가니 그는 검정색 바탕에 파란색이 첨가된 상의를 입고 있다. 음, 그렇다면 나보다 조금 연배가 있으시

군. 경험칙에 의하면 위아래로 검정 옷을 장착한 운동러는 대부분 내 또래이고, 거기에 원색이 추가되면 대개 나보다 형님이다. 어린 친구들은 주로 회색 계열로 입더라고. (나는 못 입겠다.)

하여간 그 형님 아재가 저기 앞에 뛰어가고 있는데, 속도가 빠르다 보니 점점 거리가 가까워진다. 모르는 남자와 사이좋게 달리기엔 그도 나도 민망할 터이니 조금 더 피치를 올려 추월했다. 조금 힘들지만 이렇게 하는 게 서로에게 최선이지요. 맞죠? 저 먼저 갑니다!

그런데 웬걸, 얼마 지나지 않아 오른편 뒤쪽에서 아재의 그림자가 어슬렁거린다. 뭐, 뭐지? 분명 추월했는데? 슬쩍 돌아보니 그 아재가 무서운 속도로 나를 쫓아오고 있다. 아니 형님, 힘들어 뵈던데. 그리 빨리 달려도 괜찮으신 겁니까?

그는 이글거리는 눈빛으로 속도를 높인다. 이대로라면 또다시 사이좋은 사람들 싸이월드가 될 가능성이 농후하다. 안 되겠다. 내가 천천히 뛰어야지. 안 그래도 힘들었는데 잘 되었다. 숨을 고르며 속도를 줄였다. 아재가 다시 나를 추월하더니 저 앞으로 나아갔다. 그런데…….

또다시 점점 가까워진다. 어이! 왜 또 속도를 줄이시는 겁니까? 알다가도 모를 일이다. 아니 그냥 일정하게 뛰시든지. 단순 호기심으로 시작된 생각에 꼬리들이 들러붙는다. 왜 그러셨을까? 혹시, 내가 추월한 게 싫으셨던 걸까? 아니면 나랑 같이 달리고 싶…… 이건 아니겠지? 별의별 생각이 다 떠오른다. 머지않은 전방에서 달리고 있는 아재의 등짝을 보며 속도를 올리려다 이내 마음을 접었다.

이겨서 뭐 해.

세상의 일은 정확히 두 부류로 나뉜다. 승자와 패자가 나뉘는 일과 그렇지 않은 일로. 어려서부터 심각한 경쟁에 노출되었던 글쓴이(=나)는 사실 그동안 세상의 모든 문제가 전자일 것으로 생각했다. 공부든 놀이든 운동이든 지면 안 된다는 사고를 바닥에 깔고 있었던 것 같다. 늘 불안했고, 뒤처질까 봐 두려웠다. 잉태된 불안과 두려움은 어느새 마음의 병이 되어 세상에 편(便)이 아닌 적(敵)을 만들어냈다. 삶이 피폐해질 수밖에 없었다.

그게 아니었다. 세상의 많은 일에는 이기고 지는 개념 따위가 없었다는 사실을 이제야 조금씩 깨닫는다. 인생은 제로섬 zero-sum보다 논제로섬 non zero-sum이 훨씬 많다는 사실. 치킨을 앞에 두고 외나무다리에서 마주 보며 달릴 필요가 없다는 뜻이다.

마흔의 가을 문턱에서 누군가를 이기려는 마음을 살포시 접어 보려 한다. 여전히 불쑥불쑥 올라오는 욕심과 알량한 자존심, 나보다 잘난 사람을 두고 내뱉었던 시기와 질투의 감정, 내 것도 아닌 타인의 욕망을 좇던, 한없이 작았던 나를 쓰다듬고 괜찮다고 말해주려 한다.

아재가 시야에서 사라졌다. 굳이 신경 쓰지 않아도 될 일이다. 이제 조금씩 속도를 올려 본다. 빨리 갈 것 없다. 내가 가장 잘 달릴 수 있는 속도로 뛰어가면 그만이다.

우리 동네 국화빵

해가 짧아졌다. 적당히 바람까지 불어주니 오늘도 달리기 좋은 날이다. 퇴근하자마자 가방을 던지고, 운동복으로 갈아입고, 가볍게 스트레칭하고, 워밍업으로 아파트 둘레길을 빠르게 걸어가는데.

갑자기 별천지가 펼쳐졌다. 야시장이다. (정확히는 아파트에서 주최하는 '주민 한마음 축제'다.) 사람이…… 사람이…… 입주민뿐만 아니라 동네 사람 다 모였다.

가만있자, 이게 얼마만의 야시장인가. 근 4년 동안 행사가 없었지 아마? 조용했던 아파트 단지에 활기가 살아 숨 쉰다. 이래저래 반가운 이벤트가 맞다.

막걸리와 파전, 도토리묵무침을 거나하게 먹은 후 아이 손을 잡고 야시장 이곳저곳을 돌아다닌다. 생각했던 것보다 규모가 크다. 천 냥 마트, 양말, 공예품, 귀금속, 떡볶이, 계란빵, 닭꼬치, 다코야키……. 일일이 열거할 수 없을 정도로 종류도 다양하다. 그냥 구경하는 것만으로도 신이 난다. 그러다 어느 가게 앞에서 발걸음이 멈췄는데, 아니 이것은!

174

풀빵이다. 아니다. 국화빵이다. 아닌가? 풀빵이 맞나? 이렇게 헷갈리는 이유는 순전히 내 아버지 때문이다.

시골집에서 나와 하천을 건너면 곧바로 공설시장이다. 어린 시절엔 시장 입구에 채소 공판장이 있어 그곳을 지날 때면 늘 배춧잎 썩은 냄새가 났다. 바닥에 널브러진 채소를 밟지 않으려고 폴짝폴짝 뛰어 공판장을 지나갔다. 나의 목적지는 서쪽 다리 위 분식집. 그곳에 아버지가 좋아하시던 풀빵이 있었다.

아버지는 종종 내게 풀빵 심부름을 시키셨다. 사실 나는 풀빵을 전혀 좋아하지 않았다. 그런데도 신나게 시장을 달려간 이유는 풀빵 할멈의 떡볶이 때문이다.

"할머니! 풀빵 한 판 주세요! 저는 떡볶이 먹을래요!"

할멈은 늘 내게 떡볶이 한 접시를 퍼주고 나서 천천히 풀빵 제조를 시작했다. 주전자에 담긴 반죽을 반쯤 붓고, 하얀색 통에서 큼지막한 주걱으로 팥소를 퍼 꼬챙이로 하나하나 담았다. 그러고는 다시 반죽으로 덮기. 신나게 먹던 떡볶이가 줄어갈 때쯤이면 할멈은 꼬챙이로 풀빵을 콕 찍어가며 뒤집었다.

"다 됐다. 얘, 이거 뜨거울 때 먹어야 맛있어. 알지? 얼른 아빠 갖다드려."

할멈이 시커먼 봉지에 풀빵을 담으며 말을 건네지만, 떡볶이를 국물째 흡입 중인 아이의 귀에는 잘 들어오지 않는다. 너무 맛있다. 할머니 잘 먹었어요. 또 올게요. 뒤돌아 집에 가는 길, 만족스럽게 배부른 아이가 폴짝폴짝 뛰며 풀빵 봉지를 흔든다. 하늘이 파랗다. 그날도 가을이었나 보다.

"아빠! 왜 이렇게 오래 걸려?"

아이가 옷깃을 잡아당긴다. 다시 야시장이다. 할멈, 아니 아주머니가 열심히 풀빵, 아니 국화빵을 뒤집고 있다. 이게 생각보다 손이 많이 가는 작업이구나. 붕어빵과 다르게 일일이 뒤집어야 하는 수고스러움이 이제야 눈에 들어온다. 시간 조절도 어렵겠어. 그러고 보니 할멈은 늘 내가 떡볶이를 먹는 시간에 맞춰 마무리했었네.

"얼마나 드릴까요?"

"한 판, 아…… 아닙니다. 두 봉지만 주세요."

뒤에서 꼬마 손님이 기다려 하나 남겨 두었다. 갓 만든 국화빵을 입에 넣어 본다. 달다. 아이 손에도 하나 쥐여주니 맛있단다.

"아들, 맛있지? 이거 할아버지가 엄청 좋아하시던 거야."

"그래? 그럼 우리 주말에 내려갈 때 할아버지 것도 사서 가자."

"아이코 기특해라. 근데 여기는 오늘밖에 안 하는걸?"

"그러면 어떡해."

"할아버지 집 근처에 시장 있잖아. 거기에도 팔지 않을까?"

"그래! 시장 구경 가자!"

풀빵 심부름을 하던 꼬맹이가 어느새 훌쩍 자라 자기와 똑 닮은 꼬맹이의 손을 잡고 풀빵을 사러 간다. 할멈은 이미 세상에 없고 가게 주인은 바뀌었지만, 아버지가 좋아하던 풀빵 냄새는 공설시장 어딘가에 숨어 우리를 기다릴 것만 같다. 할멈의 포근한 얼굴도, 매콤 달짝지근했던 밀떡의 쫄깃함도 함께.

주말엔 아버지와 아들의 손을 잡고 시장에 나가 봐야겠다.

빛이 없는 어둠뿐이라면

우리는 서로를 알아볼 수조차 없다

인생도 마찬가지다

지친 하루의 끄트머리에서

작게나마 빛나는 순간을 마음에 담는다면

오늘의 삶 또한

잘 살아냈다는 사실을 깨닫게 된다

오늘 저녁에 월식 우주쇼가 펼쳐진단다. 개기월식이 발생하면 달이 붉은색을 띤다. 아이가 별과 우주를 좋아해 몇 번 보여주었지만, 너무 어려서 제대로 기억 못 할 테고. 게다가 오늘은 달 뒤로 천왕성이 숨었다가 나타나는 '천왕성 엄폐' 현상까지 관측할 수 있다고 하니. 이런 기회를 놓칠 수 없다.

다행인 것은 집에서 달이 아주 잘 보인다는 점이다. 밖에 나가지 않아도 휘영청 강강술래 훤하게 비춘다. 카메라만 있으면 오케이. 그렇지 않아도 달 사진 찍으려고 이번에 단단히 준비했다. 완전 기대하고 있다.

그런데 말입니다.

저녁 먹고 깜빡 졸았다. 아빠는 늘 피곤하다. 유튜브를 보던 아이가 허겁지겁 달려와 나를 깨운다.

"아빠! 자면 어떡해. 지금 월식이래. 얼른 나가서 봐야지!"

"헉, 벌써 시간이……. 알았어. 여보! 삼각대 어디 갔어?"

"맨날 까먹냐. 여기 있잖아."

잠이 덜 깬 상태로 원투펀치를 얻어맞고 베란다로 나왔다. (건축법상 발코니가 맞는 표현이지만 그냥 베란다로 칭하노라.) 구름이 걷히자마자 삼 분의 이쯤 가려진 달이 맨눈으로도 선명하게 보인다. 잔다고 월식의 앞부분을 놓쳤어도, 이 정도면 사진 찍을 만하다. 창문 열고 방충망도 젖히고 창틀에 삼각대를 고정하려는데…… 어후, 손 떨려. 스마트폰 떨어지면 끝장이야! 무서워.

안 되겠다. 캠핑 박스 두 개를 공수해 그 위에 삼각대를 세웠다. 좀 괜찮군. 자, 그러면 이제 본격적으로 사진을 찍어 볼까?

그러는 동안 국립과천과학관 유튜브 생중계를 틀어 놓은 아이가 계속해서 아빠 사진과 유튜브 영상을 비교 대조 검토한다. 이 녀석아, 거기 카메라는 우리 집보다도 비싸 인마. 아이의 관심사는 작년에 봤던 월식이 아니라 천왕성이다. 근데 이게 보일까? 아무리 생각해도 우리 눈에는 안 보일 것 같은데.

잠시 후 중계 화면에서 달 아래쪽에 아주 작은 점이 나타났다. 그러나 (당연하게도) 사진에는 보이지 않는다. 아이에게 너무 실망하지 말고 다음에 망원경을 사서 보자고 했더니 다음 천왕성 엄폐는 200년 후라고. 아들아, 다음 생에는 천왕성에서 외계인으로 태어나자.

하늘의 달과 별과 구름을 만날 때마다, 특히 오늘 같은 우주쇼를 눈에 담을 때마다 나는 늘 이런 생각을 하게 된다. 나라는 인간이 우주의 먼지만도 못한 존재라는. 이것이 엄연한 사실임에도 자꾸 까먹게 된다. 마치 내가 우주의 중심이라도 되는 양 작은 것에 몰두하고, 의미를 부여하며 온갖 에너지를 쏟아낸다.

하늘을 보면 알게 된다. 한 번이라도 같은 모습인 적이 없다는 것을. 시시각각 변하는 자연과 우주의 섭리는 나의 작은 마음 또한 옹졸한 곳에 갇혀 머무르지 말라는 가르침을 준다. 나를 힘들게 하는 존재도, 감정도, 언젠가는 사라질 것들이니까. 하루를 살아갈 귀한 용기를 얻어가는 셈이다. 단잠에서 나를 깨워 준 아이에게 감사하며, 조만간 망원경을 사주겠다고 약속하는 바이다.

그래. 오늘도 멋지게 잘 살았다.

거미가 줄을 타고 올라갑니다

거미가 줄을 타고 올라갑니다
비가 오면 끊어집니다
해님이 방긋 솟아오르면
거미가 줄을 타고 내려옵니다

- 동요 <거미가 줄을 타고 올라갑니다> 중에서

태풍이 지나가고 본격적인 가을이다. 때아닌 무더위로 며칠 쉬었던 점심 산책을 재개한다. 오늘은 다른 길로 가 볼까? 공식 코스를 벗어나 근처 둘레길로 발걸음을 옮긴다. 여름의 열기를 머금은 잎들이 활짝 얼굴을 폈다. 덕분에 산책로엔 따가운 햇볕이 내려앉을 자리가 없으니, 더위를 심하게 타는 나에게는 안성맞춤이다.

　널찍한 소나무 숲을 지나 계단을 올라간다. 간신히 두 명이 지나갈 법한 좁은 길, 위험을 방지하기 위해 나무로 난간이 설치되어 있다. 무심코 난간을 바라보다 초점을 바꿨더니 나무 사이로 듬성듬성 엉킨 거미줄이 눈에 들어온다.

꽤 많다. 난간에도, 저쪽 나뭇가지 사이에도, 벤치 아래에도. 시선을 돌리는 곳마다 거미의 주거지가 설치되어 있다. 모양도 크기도 각양각색이다. 다리 건너 벚나무에는 오 센티미터가 넘을 법한 대왕 거미가 십 육각형으로 아름답게 집을 지었다. 사이즈가 커서 그런가, 거미줄에 뭐가 많이 걸렸네. 그런데⋯⋯.

대부분 나무의 부산물이다. 이 집(?)뿐만 아니라 거미의 먹잇감이 걸려 있는 거미줄은 찾지 못했다. 대부분 크고 작은 나뭇잎이다. 거미의 입장이라면 '걸렸구나!'하고 신나게 달려갔더니 '아 놔, 나뭇잎이네'라고 싫어할 만한 일이다. 먹고살기 위해 열심히 줄을 쳐 놓았건만 오늘도 허탕이다.

잠깐.

머릿속이 복잡해져 산책을 멈추고 거미줄 앞에 섰다. 그리고 허탕이라는 단어를 마음에 적어 본다.

* **허탕**(명사)

어떤 일을 시도하였다가 아무 소득이 없이 일을 끝냄. 또는 그렇게 끝낸 일.

거미가 줄을 타고 올라간다. 앞뒤 좌우로 움직이며 부지런히 집을 짓는다. 갑자기 바람이 세게 분다. 예쁜 모양에 구멍이 뚫린다. 거미는 재빨리 보수 공사를 시작한다. 이제 거의 다 지었다. 그런데 비가 내린다. 거미줄이 끊어진다.

해님이 반짝 솟아오른다. 거미가 줄을 타고 내려간다. 살랑거리는 바람에 거미줄에 뭐가 걸렸다. 밥 먹을 생각에 신이 난 거미가 발걸음을 재촉한다. 알고 보니 나뭇잎이다.

인생은 허탕의 연속이다. 삶의 대부분은 크고 작은 허탕으로 채워진다. 시도하고 허탕 치고, 또 시도하고 또 허탕 치고. 허탕은 나쁜 것이 아니었다. 거미 덕에 허탕의 의미를 다시금 따져 보고 있다.

허탕은 매우 희망적인 단어다. 실패와는 어감 자체가 다르다. 눈에 보이는 소득이 없을지라도, 완전히 무너진 게 아니다. 이번에는 허탕을 쳤지만, 반드시 다음을 기대하게 만드는 그 자체로 도전 지향적이다. 이런 허탕이 인생에서 얼마나 중요할까 생각한다. 맞다. 여러 번의 허탕을 경험하는 것만큼 값진 일은 없다. 그러므로 우리는,

허탕을 많이 쳐야 한다.

때로는 운동을 위해, 때로는 소재를 찾으려고 걸었던 점심 산

책에서 매번 허탕을 치다 이제야 귀한 글감을 만났다. 그동안의 허탕은 오늘을 위한 것이었는지도 모르겠다. 문득 글쓰기가 즐겁다. 빡빡한 일상을 빠져나와 주변으로 눈을 돌리고, 별것 아닌 소중함을 마주하는 이 순간이 나에게는 매우 큰 축복이다. 어디 나만 그럴까. 종류는 다르겠지만, 모두가 이런 '찰나의 행복'을 위해 매일매일 허탕 치며 사는 거 아니겠나.

거미처럼 살고 싶다. 바람이 불어와 집에 구멍이 뚫리더라도, 비가 내려 끊어지더라도, 먹을 수조차 없는 나뭇잎이 걸리더라도 묵묵히 거미줄을 치고 있는 녀석처럼 말이다. 나의 글도 그랬으면 좋겠다.

해님이 방긋 솟아오르는 날
허탕만 치던 거미는
기어코 줄을 타고 내려올 테니까.

비행기가 지나가는 길목에 살고 있습니다

"비행기다!"

맨날 보는 비행기지만, 스마트폰 카메라는 일찌감치 하늘로 향해 있다. 전원 버튼을 두 번 누르면 카메라 앱이 실행되도록 설정해 놨다. 찰칵, 찰칵, 찰칵.

비행기가 지나가는 길목에 산다는 이유로 거의 매일 비행기를 본다. 그리고 그때마다 사진을 찍는다. 하던 일을 멈추고 주머니에서 스마트폰을 꺼내 머리 위로 들고 사진을 찍는, 어찌보면 조금은 수고스러운 행위를 자발적으로 하는 셈이다.

185

왜일까? 문득 비행기 사진을 찍어 대는 이유를 곰곰이 생각했다. 하늘에 비행기가 지나가는 장면이 꽤 근사해 보인다는 것도 있지만, 그게 전부는 아니었다. 조건 반사인지 무조건 반사인지 모를, 비행기만 보이면 그렇게도 사진에 담아두고 싶은 동인(動因)은 무엇이었을까.

시간을 붙잡아라.

눈에 들어온 비행기가 길 건너 아파트 뒤로 숨어버릴 때까지 대략 20초가 걸린다. 그 짧은 시간을 붙잡고 싶었다. 허겁지겁 스마트폰을 꺼내 카메라 앱을 실행하면 이미 비행기는 절반 이상 날아간 상태이니, 실제로 내가 비행기를 담아내는 시간은 10초도 채 되지 않는 셈이다.

하늘을 보며 부지런히 셔터를 누르며, 눈앞에서 사라져 가는 비행기를 담으며, 나는 시간의 흐름을 피부로 느낀다. 동시에 내가 지금, 여기에서 이 찰나의 순간을 살아가고 있다는 사실을 온전히 알아차린다. 비행기가 나타났다 사라진다. 나의 시간도 나타났다 사라진다. 행복도 나타났다 사라진다. 힘듦도 고통도 나타났다 사라질 것이다. 근데 이놈의 머릿속은 왜 이렇게 힘든 생각으로만 가득 차 있는 거냐.

인간의 본능은 행복보다 불안과 두려움을 기억하는 데 특화되어 있다고 한다. 그래서 행복한 기억은 금방 잊히고, 나쁜 기억은 트라우마로 남아 오래도록 전두엽을 두드린다. 살아야 하니까 그런 거, 이해한다.

하지만 가끔은 반대로 생각해 보면 어떨까. 순식간에 하늘 위를 날아가는 비행기를 사진으로 남기듯, 주변에서 일어나는 소소한 행복들을 부지런히 기록하고 기억하고 추억한다면 우리는 지금보다 훨씬 더 행복한 사람이 되지 않을까. 순식간에 나타났다 사라지는 행복의 순간을 억지로라도 붙잡아 두는 거다. 사진으로, 글로, 생각으로. 힘들 때 꺼내어 볼 수 있다면 어떤 방식이든 상관없으리라.

출근길. 날이 맑다. 고개를 들고 하늘을 쳐다본다. 잠시 기분이 좋아졌다. 오늘은 이걸로 버텨야겠다. 5초의 행복이라도 괜찮다. 오래도록 가지고 가면 되니까.

4
장

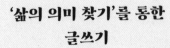

'삶의 의미 찾기'를 통한
글쓰기

글을 쓰든 쓰지 않든 삶의 시간은 쉼 없이 흘러간다. 떠내려가는 인생에서 당신은 어떤 의미를 찾고 있는가. 글쓰기는 삶의 의미를 발견하는 과정이다. 쓰기의 핵심은 명문장이나 훌륭한 스토리를 완성하는 것이 아니라 글자를 결합하고 해체할 때 이루어지는 '사고의 확장'이다. 범인(凡人)과 다를 바 없는 일상이 활자로 새겨질 때 비로소 특별함이라는 옷을 입는다. 쓰기를 통해 얻은 가장 진실한 경험은 책을 출간하고 작가가 되었다는 기쁨이 아니라, '똑같은' 삶을 '다른' 삶으로 만들어간다는 확신, 그것이 '나의 삶'이 되어 흐르고 있다는 희열이다.

반딧불이와 개똥벌레

제목을 보고 어떤 의심의 여지도 없었다면, 당신은 나와 같은 '곤(충)알못'이 맞다. 딱정벌레목 반딧불이과에 속하는 곤충을 흔히 개똥벌레라고 부르니까 말이다. 아무리 우겨 봐도 친구가 없다고 가사도 틀려가며 불렀던 노래가 무색해질 지경이다. 개똥벌레가 반딧불이라는 걸 이 나이 먹도록 몰랐다는 건 둘째치고 맙소사, 그 이름 두 개가 어쩜 이렇게 다른 느낌일까.

<개똥벌레>는 1987년에 발표된 곡이다. 사람으로 치면 벌써 서른 중후반이 되었다. 그래도 나보다 동생이다. (이걸 웃어 말어) 40대 이상이라면 모르는 사람이 없을 정도로 인기를 끌었던 노래가 분명한데 어떻게 된 일인지 우리 아들도 알더라. 학교에서 배웠단다.

　나도 그 나이 때 코를 질질 흘리며 이 노래를 들었다. 나는 개똥벌레, 너는 말똥벌레, 장난치며 부르던 건 생각이 나는데 가사를 곱씹어 보니 이렇게 애처롭고 슬플 수가 없다.

아무리 우겨 봐도 어쩔 수 없네
- 내가 온갖 야단법석을 떨어도 세상은 내 마음대로 돌아가지
  않더라.

저기 개똥 무덤이 내 집인걸
- 저기 성냥갑 아파트 어딘가에서 오늘을 살아가는 이름 모를
  누군가. 그게 나야.

가슴을 내밀어도 친구가 없네
- '인생은 샹마이웨이다!'를 외치면서도 실은 늘 고독에 시달
  리고 있어.

191

노래하던 새들도 멀리 날아가네
- 내가 싫은 건지, 필요 없어진 건지. 군중 속에서 알게 모르게
  소외감을 느끼기도 해.

가지 마라. 가지 마라. 가지 말아라
- 시간이 흐르지 않는다면, 아니 내가 다시 태어난다면, 지금
  과 다른 삶을 살 수 있을까?

나를 위해 한 번만 노래를 해주렴

– 삶은 무미건조하고 때로는 고통스럽고 종종 슬프고 울적해. 이런 나를 위해 누군가 노래라도 불러주면 좋겠어.

가사를 곱씹으며 세월의 흐름을 탓하는 필자의 나이만큼 세상도 많이 변했다. 개똥벌레는 이제 우리 주변에 없다. 녀석을 보려면 도시를 벗어나야 한다. 아니면 놀이공원 반딧불이 축제라도 가야지. 개똥처럼 흔하다고 해서 개똥벌레라는데, 이젠 아무 데서나 볼 수 없는 친구가 되었다.

문득 개똥벌레가 되고 싶다고 생각했다. 아무리 우겨도 어쩔 수 없다 하더라도, 마음을 나누는 친구 하나 없어도, 너무 흔한 사람이라 존재감 따위 없겠지만, 그래도 자신의 빛을 은은하게 뿜어내는 반딧불이 말이다. 누가 알아주지 않아도, 내게 주어진 이 삶을 충실히 살아내고 있다고. 그거면 된 거 아니냐고.

작고 미약하지만 은은한 빛의 씨앗을 품고 있는 녀석. 지금, 이곳에 있는 인간 나부랭이와 다를 바 없다. 아직 잘 보이지 않지만, 나에게도 어디쯤 불꽃 덩어리가 숨어 있을 거로 생각하며 용기를 낸다. 개똥벌레처럼 흔한 사람들이 가진 특별한 빛을 찾고 싶다. 그러므로 이것은 나뿐만 아니라 우리 모두의 이야기이기도 하다.

그래. 비록 개똥 같은 인생이지만 한줄기 빛을 꿈꾸며 이렇게 발버둥 치며 사는 거다. 그것만으로도 삶은 충분히 위대하다, 이 말이다.

이런 개걸윷 같은 인생

도 개 걸 윷 모.

명절도 아닌데 뜬금포 윷놀이 얘기다. 사실 지난 설에 친척들과 윷놀이를 하도 재밌게 해서 조만간 윷놀이를 소재로 글을 써야지 생각했다. 그러다 시간이 지나는 사이 그날 무슨 일이 있었는지 까맣게 잊어버렸다. 기억나는 건 승리를 코앞에 두고 조카의 '빽도'에 먹혀 버렸던 기가 막히고 코가 막히던 상황뿐이다. 아무튼 그땐 참 즐거웠다.

영원히 잊어버릴 것 같았던 윷놀이가 떠오른 이유는 그저 우연이었다. 하릴없이 스마트폰을 만지작거리다가 절친 작가님의 인스타그램 피드에서 멋진 문장을 발견했기 때문이다.

인생은 모 아니면 도가 아니다.
그 안에 개, 걸, 윷이 있다.

맞다. 인생은 모와 도뿐만이 아니다. 개도 있고, 걸도 있고, 윷도 있고, 심지어 빽도도 있다. 그러고 보니 윷놀이 자체가 인생

194

의 축소판이 아닌가?

윷놀이를 한 바퀴 도는 방법은 여러 가지다. 가장 짧은 경로는 아시다시피 열한 걸음, 모-걸-걸로 이어지는 이른바 용산구 삼각지 코스다. 반대로 한 번도 모서리에서 멈추지 못하면 꼬박 스무 걸음을 가야 한다. 누구는 빨리 가고, 누구는 늦게 간다. 오오, 이거 뭔가 인간세(人間世)와 비슷한 냄새가 난다.

이것뿐이랴. 윷놀이에는 수많은 인생의 희로애락이 담겨 있다. 앞지르고, 때려 잡히고, 잘 가다가도 '퐁당'에 빠지고, 때로는 '임신'도 하며(이건 지역마다 다르다만), 기막힌 우연에 게임의 판도가 뒤집힌다. 그래서 재밌다. 특히 돈이 걸려 있으면 더 재밌다. 그러고 보니 한 점에서 시작해 같은 곳에서 끝나는 것도 우리 삶과 다를 바 없다. (흙에서 왔다가 흙으로 돌아간다, 뭐 이런 억지입니다만.) 아무튼, 다시 처음으로 돌아가서.

'모 아니면 도'라는 말은 어떤 행위의 결과가 아주 좋거나 몹시 나쁘거나 둘 중 하나라는 뜻이다. 대박 아니면 쪽박이라는 말과도 일맥상통한다. 때에 따라 약간 자포자기하는 마음(=될 대로 되어라)도 담겨 있고 혹은 반대로 강한 의지(=죽느냐 사느냐)를 내포하기도 한다. 다시 보니 죄다 틀렸다. 결국 이거 아니면 저거라는 흑백 논리의 끝판왕이 아닌가.

삶의 많은 문제는 대박과 쪽박으로 나뉘지 않는다. 소박도 있고 중박도 있고 '강약 중강 약' 정도 되는 박도 있을 것이다.

그것이 개걸윷이다.

삶에 등급을 매길 수는 없겠지만, 만약 내가 바라는 이상적인 모습을 '모'라고 한다면 나는 지금 어디쯤 와 있을까. 세상에 즐비한, 성공한 '모'들 앞에서 나는 어떤 존재일까.

나는 개걸윷이다. 내적으로나 외적으로나 나는 '모'가 아니다. 잘나지도 않았고, 성공하지도 못했다. 당장 입에 풀칠해야 할 정도는 아니어도, 경제적으로 풍족하다고 말할 수도 없다. 물론 마음은 다르다. 돈 많이 벌고 보란 듯 성공해서 멋진 '모'가 되고 싶지만, 이상과 현실의 차이는 아직도 크게만 느껴질 뿐이다.

하지만 나는 나의 윷놀이를 포기하지 않는다. 모가 나오지 않는다고 게임의 패배자가 되는 건 아니니까. 잘나가지 않아도, 우리 삶에는 충분히 재미있는 선택지가 있다. 게다가 성공과 행복은 완전히 다른 차원의 문제다.

나는 오늘도 개걸윷의 어딘가에 서성이며 윷판의 끝을 향해 달린다. 인생은 모 아니면 도가 아니다. 앞으로도 모와 도보다는 개걸윷이 훨씬 많이 나오겠지. 그러므로 개걸윷을 바라보는 마음가짐을 바꿔 본다. 인생의 개걸윷, 좋지도 나쁘지도 않으면서 하염없이 벌어지는 평범한 일들을 어떻게 해석하고 받아들이느냐. 어쩌면 이것이 더 중요한 문제가 아닐까.

윷판의 말처럼 언젠가는 나도 출발점으로 돌아갈 것이다.

인생의 종착역에서 바라본 나의 인생 윷놀이는 어떨까 상상한다. 두 모, 세 모, 모윷걸 삼단 콤보를 타고 가지 않아도 괜찮다. 개걸윷이 춤을 추는 '지금, 여기'에서 얼마나 많이 웃고 떠들고 즐거워했는지를 떠올리며 미소 짓기를 바란다. 그렇기에 나는 오늘도 개걸윷을 던지며 그 속에 담긴 행복을 찾아내려 애쓴다. 모가 나오지 않아도 인생은 충분히 즐거운 게임이다.

세상이 나를 속일지라도

3년 전쯤이었나 싶다. 탈탈 털렸던 멘탈을 부여잡기 위해 아웃도어 세상으로 눈을 돌리던 시절, 인터넷 카페에서 벚꽃 캠핑 사진을 보게 되었다. 꽃도 텐트도 심지어 드레스코드까지 핑크빛이었던 풍경을 보며 나도 언젠가는 왕벚나무 아래에서 캠핑해야겠다고 마음을 먹었다.

하지만 이상과 현실은 다른 법. 꽃비가 내리는 풍경을 바라보며 캔맥주를 목구멍에 털어 넣겠다던 다짐은 여러 가지 이유로 실현되지 못했다. 세상은 결단코 호락호락하지 않았다. 벚꽃으로 유명한 인근 캠핑장은 언제부터 만실이었는지 예약조차 할 수 없었고, 간신히 구한 곳마저 회사 일이 겹치는 바람에 위약금을 물고 취소했다. 작년에도 스케줄이 안 맞아 결국 캠핑은 못 가고 주차장에 치킨을 뜯었다는.

그래서 이번에는 일찌감치 캠핑장부터 잡아 놨다. 이제 우리 동네에도 벚꽃이 만개하고 있으니, 캠핑장은 (이곳보다 조금 남쪽이기도 하고) 지금이 딱이겠구나! 그렇게 토요일이 오기만을 기다렸다.

캠핑장 가는 길. 그러고 보니 이게 얼마 만에 가는 벚꽃 캠핑인가! (처음이다.) 3년 동안 벼르고 벼르던 오늘이 아닌가! 벚꽃으로 가득한 풍경을 상상하며 힘차게 핸들을 돌렸다. 그런데 뭔가 이상하다. 굽이굽이 산길을 돌고 터널을 지나 철길 건널목까지 가로수가 분명 벚나무인데 이 녀석들이 아직 꽃을 피우지 않은 것이다! 우리 동네는 다 피었는데? 방금 고속도로까지만 해도 활짝 핀 벚꽃이 보였는데? 여기는 뭐지? 겨울왕국인가?

왜 슬픈 예감은 틀린 적이 없나. 도착하자마자 고개를 돌렸으나 벚꽃은 아직 '잉태 중'이다. 오 마이 갓! 그래, 내가 그렇지 뭐…… 벚꽃은 무슨 벚꽃이냐…… 그냥 동네에서 꽃놀이나 갈걸. 별의별 생각이 머릿속을 스치던 와중에 아이가 뼈를 때린다.

"아빠, 모야. 벚꽃 하나도 없잖아."

"그러네. 미안해, 아들!"

아무리 벚나무 아래 자리를 잡음 뭐하나. 꽃이 피지 않았는데. 상처로 가득해진 마음을 부여잡고 텐트를 쳤다. 꽃을 못 봐 기분이 별로지만, 날씨는 또 왜 이렇게 좋은 거야. 그래! 좋은 게 좋은 거라고. 아들아! 재밌게 놀다 가자! 응? 우리 아들 어디 갔어?

복작복작 세팅하는 동안 아이는 저쪽에서 방방이를 타며 놀고 있다. 옆자리 형과 친해져 캠핑장 구석구석을 누빈다. 급기야 다른 아이들도 모여들기 시작하더니 무리를 지어 술래잡기, 얼음 땡, 무궁화꽃이 피었습니다를 하면서 깔깔거린다. 캠핑장에서 친구를 못 만나면 아빠랑만 놀아야 하는데, 오늘은…… 아…… 이곳이 진정 천국이었구나.

벚꽃이 없으면 어떠하리. 아이는 친구를 만나 즐겁고, 아빠는 잠시나마 맞이한 자유 시간이 행복하다. 아이들과 놀며 피리 부는 아저씨도 되어 보고, 저녁을 먹고, 마시멜로도 구워 먹고. 그렇게 하루가 지나간다. 불멍을 하다가 무심코 밤하늘을 쳐다보았다.

하늘 한가운데 반달이 있고, 고개를 돌려 보니 초대형 북두칠성이 눈앞에 떡하니 쏟아진다. 내 평생 이렇게 큰 칠성사이다를 본 적이 있었던가. 게다가 남쪽 하늘에는 아직 사라지지 않은 오리온자리까지. 와! 얘들아! 다시 다 모여 봐! 아저씨가 별자리 알려줄게! 이럴 줄 알고 멀리까지 비추는 LED 랜턴을 챙겨왔다. 아이 손에 쥐여주니 바야흐로 캠핑장 인싸가 된다. 저 붉은 별은 베텔게우스야, 하얀 건 리겔이고, 하며 주접을 떤다. 아들 최고다.

벚꽃 캠핑은 실패했다.
하지만 행복했다.

쏟아지는 별을 보며 생각했다. 인생이 마음대로 흘러가지 않는다고 늘 괴롭지는 않다. 비록 내가 바랐던 것을 얻지 못해도, 여전히 내 옆에는 아름답고 예쁘고 즐겁고 의미 있는 일들이 가득하다. 갖지 못한 것에 집착하느라, 혹은 보려고 하지 않아서, 지금 내가 가진 소중한 존재들을 마음에 담아내지 못했을 뿐이다.

벚꽃 대신 밤하늘에 촘촘히, 아니 벚꽃보다 훨씬 더 밝게 빛나던 꽃송이들을 눈에 담으며, 나는 나의 존재와 나를 둘러싼 존재와 나를 사랑하는 존재와 내가 사랑하는 존재를 생각한다. 우연과 인연이 맞물려 기어코 내 곁에 자리해준 소중한 풍경과 사람과 기타 모든 것들을 떠올린다. 나에게 중요한 건 손을 뻗어도 닿을 수 없는 것들이 아니라 지금 내 옆에 있는 존재라는 것을 깨닫는다. 세상을 다 가질 수 없기에, 다 이룰 수 없기에 우리는 현재와 이곳에서 만나는 모두를 아낌없이 사랑해야 한다. 어쩌면 그것이 행복으로 가는 추월차선일지도 모른다.

그러고 보니 오늘은 100일 글쓰기를 마무리하는 날이다. 무엇을 썼고 무엇을 얻었는지 확실치 않다. 그저 매일매일 썼을 뿐. 다만 확실한 것은 이번 기회를 통해 앞으로 어떻게 살아야 할지 희미하게나마 고민하게 되었다는 점이다. 글쓰기는 분명 나에게 크고 작은 '삶의 의미'를 주고 있었다. 쓰기 전에는 결코 볼 수 없었던 것들을 이제는 보게 되었으니까. 마치 라식 수술이라도 한 것처럼 세상을 바라보는 마음이 달라졌음을 느낀다. 여전히 하루하루를 버텨내는 마흔의 나는 앞으로도 '쓰는 사람'으로 살 것이다. 나를 사랑하고, 당신을 사랑하고, 시간을 사랑하고, 지금 여기를 사랑하고, 희망을 쓰며 살고 싶다.

삶의 의미는 어디에 있을까

마흔을 앞두고 궁금해졌다. 나는 누구인가. 어디에서 왔다 어디로 가는가. 왜 태어나서 이 험한 세상을 살아가고 있나. 이제 어떻게 살아야 할까. 알아들을 수 없는 질문을 쏟아내며 인생의 의미를 찾기 위해 애썼다.

결론부터 말한다. 시간이 훌쩍 지났지만, 답을 구하지 못했다. 나는 여전히 나를 모르고, 아등바등 살아가는 삶의 의미가 무엇인지 알지 못한다. 추세대로라면 아마도, 짐작건대, 앞으로도 모를 것이다.

그러므로 이제부터는 애써 답을 구하지 않겠다고 다짐한다. 대신 나는 무엇을 할 수 있는가. 글쓰기를 이어가며 곳곳에 숨겨져 있는 빛나는 순간을 찾아냈으니, 다른 이들에게 돋보기 안경을 쥐여주고 일상을 자세히 바라보며 삶의 의미를 발견하도록 도울 순 있지 않겠는가.

태양은 스스로 빛을 내지만 눈이 부셔 맨눈으로 쳐다보기 어렵다. 나는 달이 되고 싶다. 내 빛이 아니어도, 설령 빌려 온 빛이라 해도 괜찮다. 이름 모를 미미한 빛이 누군가에게 전해져 또 다른 씨앗이 된다면 그걸로 충분하다.

인생의 의미를 애써 찾아내려고 노력하지 마라.
대신 무엇을 할 수 있는지 생각하라.
그것이 네가 누구인가를 설명할 것이다.
그러므로 나는 계속 이어간다.
빛나는 글쓰기.

제자리걸음, 제자리가 아닌 걸음

겨우내 움츠린 몸이 '찌뿌둥'을 넘어 각목으로 변해가기 시작했다. 이대로 굳어갈 순 없는 노릇. 잊혔던 '운동이'를 다시 만나야 하는데 아직 바람이 차다. 결국 바깥으로 나가지 못하고 트레드밀에 올랐다. 뛰기도 전에 어지럽다.

시작 버튼을 누르고 천천히 걷는다. 서서히 속도를 올리니 컨베이어벨트가 빠르게 돌아간다. 5분간의 예열을 마치고 본격적으로 러닝 시작. 쉬지 않고 30분을 뛰었더니 온몸이 땀으로 흠뻑 젖었다. 이제 그만. 멈춤 버튼을 누르자 벨트의 움직임이 사그라든다. 내 몸이 계속해서 앞으로 가는 듯한 불쾌한 느낌. 머리가 흔들리는 것 같아 눈을 감았다.

잠시간의 진정 타임이 지나고 눈을 떴다. 오 킬로미터를 넘게 뛰었는데 여전히 나는 트레드밀 위에 서 있다. 아까 거기. 아무리 뛰어도 결국 제자리다. 괜히 기분이 나쁘다. 쳇바퀴 돌리는 다람쥐가 혹시 이런 기분일까.

나는 마치 트레드밀 위에서 내가 제자리인 줄도 모르고 정신

없이 뛰는 사람처럼 살았던 것 같다. 나름대로 열심히 노력했건만, 늘 같은 자리에서 서성일 뿐이었다. 이번 생에 성공이라는 걸 할 수 있을까. 그저 그런 인생을 살면서 서서히 늙어가면 어떡하지. 시답잖은 고민이 훅 들어와 마음을 어지럽힌다.

그때, 이마에서 흐른 땀이 볼을 타고 내려와 입술에 닿는다. 무심코 먹었다. 에퉤퉤. 짜다. 그런 땀방울이 수건 하나를 적셨다. 제자리에 있는 줄 알았지만, 아니었다. 심장은 활기차게 온몸 구석구석까지 피를 보내고 허파는 훨씬 평소보다 훨씬 더 많은 공기를 받아들였다 내뱉는다. 그럴수록 나는 어제보다 강한 사람이 될 것이다.

뛰기 전에도 후에도, 나는 제자리다. 그래 보인다. 하지만 나는 분명 앞으로 나아가고 있다. 인생도 마찬가지다. 잘 보이지 않아도, 송골송골 땀이 맺힐 때마다 조금씩 발전해 나갈 것이다. 제자리 뛰기라도 분명 '뛰는' 행위니까 가능한 일이다.

그러니까 뛰자. 다시.

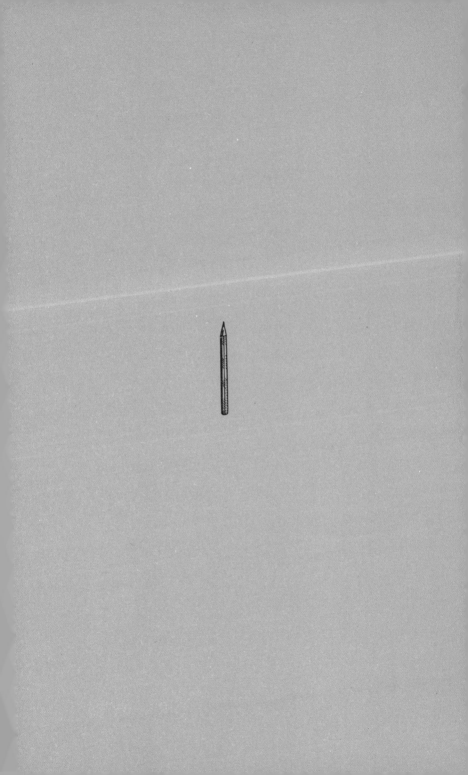

**인생의 빛이 다가옴을 느끼며,
마흔의 글쓰기**

언제부터였는지 기억나지는 않지만, 이제는 이런 주말 아침은 글쓰기 루틴으로 자리 잡은 것 같다. 특별한 일정이 없으면 새벽에 일어나 집 근처 카페로 글을 쓰러 간다. 가끔은 여행지에서도 새벽 카페를 찾는다. 주변에서는 이런 내가 그저 신기하단다. 글 쓰는 게 그렇게 좋으냐고 묻는다. 그럴 때마다 멋쩍은 웃음을 지으며 얼렁뚱땅 넘어가기 일쑤지만.

사실 이렇다 할 이유는 없다. 그냥 좋아서 하는 거니까. 쉬어도 되는 주말 새벽을 반납하고 카페로 달려가고, 글을 쓰고 또 쓰고 교정하고 수정하고, 돈벌이도 되지 않는 책을 계속해서 출간하고, 그리고 글쓰기 모임까지 만들어 운영하고. 도대체 나는 무엇을 위해 이 짓(?)을 계속하고 있을까.

아무리 생각해도 답이 나오질 않는다. 글을 쓰고 있긴 한데 왜 쓰는지 모르겠다고. 이런 어이없는 상황이 있을까. 뿌연 안갯속을 헤매는 느낌이다. 그럴 땐 그냥 솔직하게 고백하는 게 답이다.

'왜 글을 쓰려고 하는 거야?'

쓰기를 거듭할수록 나는 점점 변해갔다. 좁디 좁은 우물 안이 세상 전부인 양 살다가 천천히 밖으로 나왔다. 스스로 적어 놓은 활자 위에 올라선 채 우물에 갇혀 있던 자신을 돌아보게 되었다. 너무나도 작은 사람. 그것이 글을 쓰며 발견한 나의 모습이었다.

그때부터였나 보다. 글쓰기 자체가 즐거워진 게. 쓰면 쓸수록 매일 새로운 나를 만나는 기분이었다. 아침에 일어나 잠자리에 들기까지 주어진 시간을 맹렬하게 관찰하자 신기한 일이 벌어졌다. 내가 마주하는 사람, 물건, 풍경, 현상 기타 갖가지 존재에서 전에는 보이지 않던 어떤 '의미'를 발견하게 된 것이다. 무명의 고고학자가 깊숙이 숨겨진 보물을 찾아내고, 삼류 낚시꾼이 월척을 건져 올리는 기분이 이랬을까. 아주 어메이징하고 익사이팅했다.

내가 글쓰기를 통해 주목하는 변화는 쓰지 않던 사람이 쓰기를 시작하면서 나타나는 생각과 사고, 태도와 행동의 변화다.

어린 시절 일기와는 다르게 제법 나이를 먹고 쓰는 글은 자신의 삶을 비추는 거울과 같다. 특히 마흔 이후는 자기 발견을 시도할 최적의 시기다. 자신을 제대로 바라볼 수 있는, 눈이 떠지는 시간이기 때문이다. 이에 가장 효율적이고도 효과적인 도구가 바로 글쓰기다.

인생은 고통과 권태의 반복이 아니다. 힘든 일, 슬픈 일, 짜증나는 일을 어찌어찌 감당하고 버티고 슬쩍 비켜 가며 하루하루를 살아가는 우리에게 필요한 건, 가끔 만나는 즐거운 경험과 아름다운 존재와 기쁨의 시간이다. 상처와 괴로움을 영원히 지워버릴 수 없다고 해도, 작은 행복을 쌓아 큼지막한 아픔의 공간을 채워가는 것. 어쩌면 이 험한 세상을 살아내는 꽤 괜찮은 방법일지도 모른다. 행복을 찾아 삶의 곳간을 채우는 일. 그것은 쓰는 사람만이 받을 수 있는 특권이자 선물이다.

　나는 몇 개의 단어로 독자의 마음을 들었다 놨다 하는 문장가는 아니다. 가슴이 울리는 표현도, 무릎을 '탁' 치게 만드는 멋들어진 비유와 은유도 어렵기만 하다. 하지만 짧지 않은 시간 동안 글쓰기를 이어 오며 얻은 경험을 바탕으로 '쓰지 않던 사람'을 쓰기의 세계로 초대하고자 한다. 글쓰기가 즐겁고 자기 자신을 원하는 방향으로 이끄는 훌륭한 수단이 될 수 있다는 사실을 많은 사람에게 전파하고 싶다.

수려한 필력과 기술을 가르쳐주는 대신 함께 달려주겠다. 쓰기의 즐거움을 스스로 깨칠 때까지 이 책은 당신의 곁에 머무를 것이다. 쓸 수 있을까? 쓸 수 있다. 어렵지 않을까? 어렵지 않다. 그렇다면 어떻게 시작해야 하는가. 여기까지 온 당신은 이미 해답을 찾았다.

이제 글 쓰러 갑시다!

쓰기의 여정이 시작되려 하고 있다. 한 번도 가보지 않은 길이기에 막막하고 어떤 일이 펼쳐질지 모르지만, 앞서 그 길을 지나간 수많은 이가 한목소리로 말한다. 쓰기로 마음먹은 당신의 선택은 탁월했다고. 당신의 한 걸음 한 걸음을 응원하겠노라고. 눈 앞에 펼쳐진 여행길에 축복이 가득하기를 기원한다.

우리의 인생이 어둠을 지날 때

마흔에 글을 쓴다는 것

초판 1쇄 인쇄 2024년 1월 10일 | 초판 1쇄 발행 2024년 2월 5일

지은이   권수호

펴낸이   신수경
책임편집   신수경
디자인   디자인 봄에
마케팅   용상철
제작   도담프린팅
펴낸곳   드림셀러
출판등록   2021년 6월 2일(제2021-000048호)
주소   서울 관악구 남부순환로 1808, 615호 (우편번호 08787)
전화   02-878-6661
팩스   0303-3444-6665
이메일   dreamseller73@naver.com
인스타그램 dreamseller_book
블로그   blog.naver.com/dreamseller73

ISBN 979-11-92788-17-3 (03800)

※ 드림셀러는 당신의 꿈을 응원합니다.
　드림셀러는 여러분의 원고 투고와 책에 대한 아이디어를 기다립니다.
　주저하지 마시고 언제든지 이메일(dreamseller73@naver.com)로 보내주세요.